KB001224

루니맘의 독박육아 일기

으아아앙

루니맘의 독박육아 일기

지은이 루니맘
펴낸이 임상진

펴낸곳 (주)넥서스

초판 1쇄 인쇄 2018년 10월 18일
초판 1쇄 발행 2018년 10월 25일

출판신고 1992년 4월 3일 제311-2002-2호

10880 경기도 파주시 지목로 5 (신촌동)
Tel (02)330-5500 Fax (02)330-5555

ISBN 979-11-6165-508-6 03810

이 도서의 국립중앙도서관 출판예정도서목록(CIP)은 서지정보유통지원시스템 홈페이지
(http://seoji.nl.go.kr)와 국가자료공동목록시스템(http://www.nl.go.kr/kolisnet)에서
이용하실 수 있습니다. (CIP제어번호 : CIP2018032641)

www.nexusbook.com

육아 퇴근하고 치맥 하고 싶어

루니맘의 독박육아 일기

루니맘 지음

넥서스BOOKS

차례

#1 서툰 엄마라서 미안해

#2 독박육아 컴퍼니 여러분! 오늘도 안녕하십니까

우리에게 와줘서 고마워

#4 늙은 아들, 어린 아들과 함께 저도 엄마로 자라는 중입니다

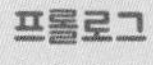

엄마가 된다는 것은?

뱃속에서 10개월을 품었던 아이가

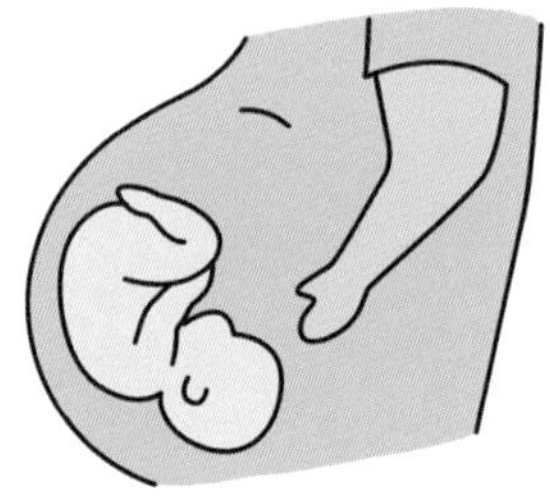

세상밖으로 무사히 나오기만 하면

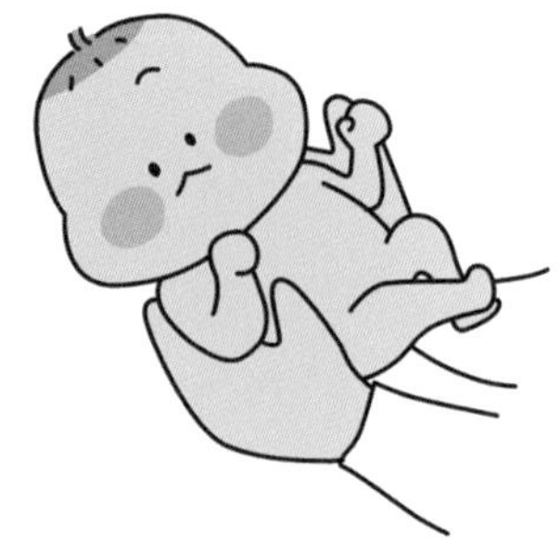

모든게 끝일거라 생각했다

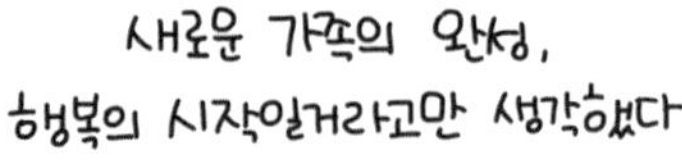

아이의 사랑스러움에
웃음 마를 날 없는 순간들만
있을거라 기대했다

그런데..

머리카락은 숭숭 빠지고

온몸의 뼈들은 다 아프고

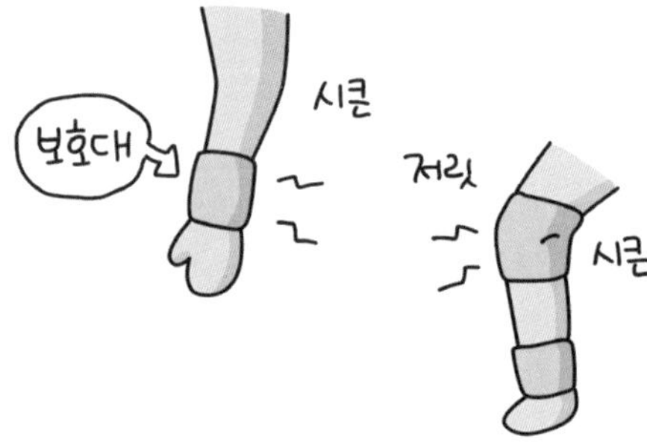

출산을 했는데
몸은 돌아오질 않고..

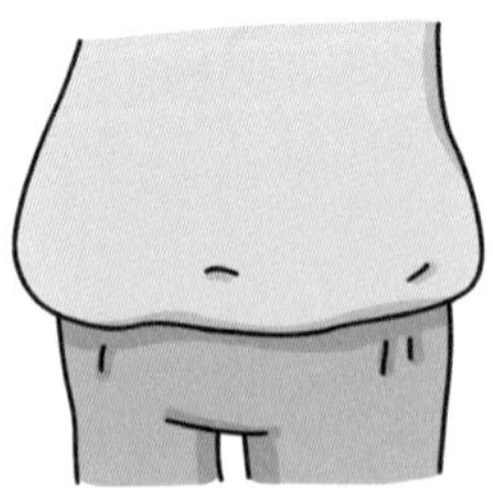

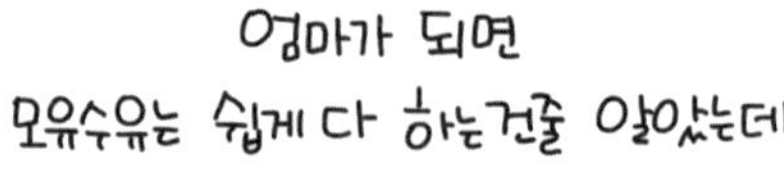

젖몸살에
가슴은 미친듯이 아프고

수유는 출산보다 더 어렵고

먹어도 먹어도
배가 고프고 갈증이 나고

그런데 먹을 수가 없고..

잠을 잘 수 없는
좀비생활의 연속이고

끊임없이 울고 보채는
나의 아이가 두렵기도 하다

그리고 내 아이의 아빠, 나의 남편에게
서운함이 쌓여간다..

엄마가 된다는 것..

나만 이런건가..?
내가 이상한건가..?

상상했던 것과 많이 달랐다

으아아앙!
으아아앙

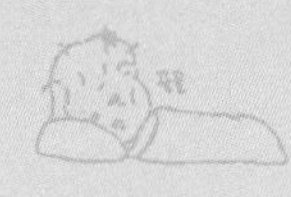

#1
서툰 엄마라서 미안해

이상과 현실

과거

난 나중에 애낳고 나서
늘어지고 퍼지고.. 막 씻지도 않고..
게으르고 망가지고 그러기 싫어

애 재우고 나면
난 애 낳고도 틈틈이 운동하고 부지런히
팩도 열심히 하고 관리잘해서
이쁜엄마 이쁜마누라가 될꺼야!
남편 퇴근하면 아기랑 같이
이쁘게 웃는 얼굴로 맞아줄꺼야♥

이상과 현실은 많이 달랐다.
나라는 사람은 자연인처럼 헐벗은 채로,
오로지 아이가 잘 먹고 잘 싸고 잘 자는 것만을 위해
존재하게 된다.

마음의 소리

육아 중 말과 마음이 따로인 나.
언제부터 내 말을 그리 잘 들었다고….

마음의 소리를 들으란 말이다!

버스 빈자리

본인은 아기띠에 편하게 착석하면서 난 왜 못 앉게 하는지….

오늘도 엄마 다리는 열일(열심히 일하는) 중….

입이 쩌억

수유 중 우리 아가의 손이 닿는 내 입은 최고의 장난감!

수유할 때마다 격하게 습격당하는 중!

잠자는 너를 보면

잠자고 있는 아가의 천사같은 얼굴을 보면

다음날.. 일어난지 한시간쯤 되면..

그냥 빨리 다시 잤으면 좋겠다..

매일 밤 자는 너의 얼굴을 보며 후회와 반성의 시간을 갖지만 너의 기상과 동시에 리셋!
내일은 진짜 진짜 더 놀아줄게, 그니까 오늘은 이만 자자.

너의 울음소리

어제도..

으아아아앙

오늘도..

으아아아앙

내 귀에만 들리는 울음소리..

일부러 자는척 하는거지..

세상 실신..

애 낳고 난 '소머즈'가 되고 남편은 '프로숙면러'가 되었다.
혼자 어찌나 세상 편히 잘 자는지
새벽녘에 깨서 우는 애 재우느라 혼자 잠 못 자고 동동거릴 때
남편의 평온하게 자는 얼굴을 보면 발로 찰까 하는 생각도 든다.

절규

똥쌀때도 함께 하겠다는 너란 남자..

혼자 문 닫고 편히 똥 싸는 일이 이렇게나 감사할 일이었나?
화장실 앞에서 자지러지게 울어대는 너를 보면 마음이 초조하다.
결국 오늘도 안고 싼다.

걱정이 태산

목욕 후 1차 걱정

목욕 후 2차 걱정

목욕 후 3차 걱정

헉! 요로감염?! 설마!
혹시 이건가? 그러고 보니
오늘 더 칭얼된거 같기도!!

걱정 근심

걱정은 걱정을 부르고..

아이의 모든 게 두렵고 초조한 한 달차 초보엄마에게 병원은
"괜찮습니다"라는 말을 듣기 위해 가는 곳이다.
몇 년차 엄마가 되어야 의연하고 쿨해질 수 있을까?
아이의 사소한 변화 하나에도 심장이 내려앉는 초보엄마는 오늘도 웁니다.

묘하게 비슷한 두 냄새

우유만 먹던 시절, 구수한 냄새만 나면
밥통과 기저귀를 번갈아 봤다.

너의 잠버릇

온 매트를 다 돌아다니며 자는 아들에게 치여 오늘도 난 꾸깃꾸깃….
바닥으로 떨어지지 않기 위해 매트 끝을 부여잡고 간신히 잠을 청하는 매일 밤!

뿌지직

꾸릿

도망

너 똥쌌잖아!
기저귀 갈게 이리와!

가만히 좀 있어봐
엄마 힘들어

무거워 죽겠네

아둥 바둥

휴- 이제 너무
무거워서 기저귀
갈기도 쉽지않다..

욱신 욱신

출산과 동시에 1차 아작 난 손목이 육아를 하며 2차 아작 났다.
게다가 장염까지 오는 날이면 애는 무겁고 협조는 안 해주고
씻기고 돌아서면 싸고, 씻기도 돌아서면 지리고….

너덜너덜 남아나질 않는 어미의 손목!

공포의 순간

위아래 두개씩 이가 난 아가

쪼끄만 이가 어찌나 귀여운지 저걸로 음식을
씹어먹는게 너무 신기하고 귀엽다

근데 가끔 수유중 그 귀여운 이로 쭈쭈를
씹을때가 있는데

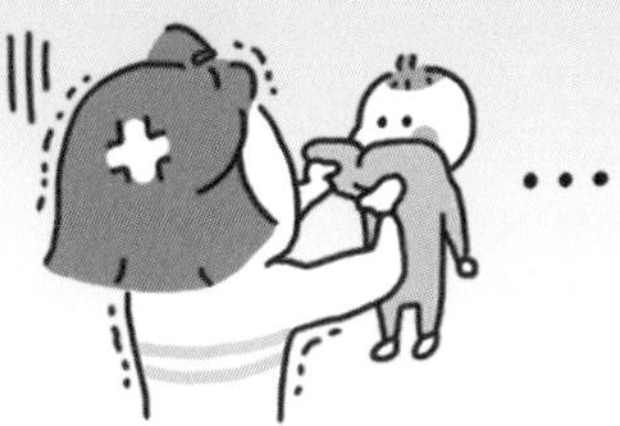

아이가 이가 나고 쭈쭈 씹기를 알게 되고 난 다음부턴
수유할 때마다 두렵고 초조하다.
물리는 동시에 온몸에 식은땀이 나면서 단유를 결심하게 되는 극한의 고통!

단언컨대 어떠한 고통을 상상하든 그 이상!

재웠는데

등센서 성능 최고이던 신생아 시절, 등만 닿으면 무조건 깨는 아들 덕에
밥 먹을 때나 똥 쌀 때나 재울 때나 늘 안고 생활했다.
분명 애를 낳았는데 여전히 배 속에 있는 거와 다를 바 없이
품 안에서 한 몸처럼 지내던 그때 그 시절!

누구를 위한 트니트니?

문화센터 '트니트니' 수업날
우와 기대된다
말로만 듣던 트니트니!!
튼튼해지는
수업~

만나서 반가워요
트니트니
신나게
하나둘

음악에 맞춰
율동 신나게~
흔들
흔들

엄마와 손잡고
점프점프!
점점
흥분함
넘어져
조심해!!
우다다
벌벌

아이들의 최애(最愛) 문센(문화센터) 수업 트니트니!
분명 아이를 위한 수업인데
엄마가 더 튼튼해지는 극한 체력 수업….

이론과 다른 육아

생후 2개월
수유간격을 늘려서 수유텀을 만드세요
생후 3개월
밤수를 끊으세요
생후 6개월
이유식은 일정한 시간, 정해진 자리에서 주세요!

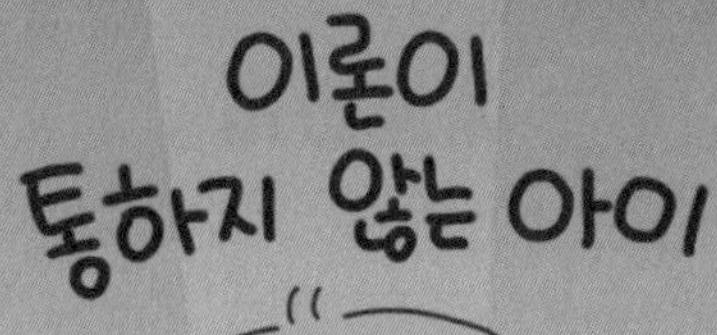

육아를 하면서 처음 제일 힘들었던 건
육아가 의사 선생님 말대로 되지 않고 책대로 되지 않는 거였다.
의사 선생님은 너무 쉽게 얘기하시는 게 우리 아가에겐 절대로 통하지 않았고
남들은 다 되는 게 우리 아가만 안 되는 건가, 내가 모자란 엄마라서 그런 건가,
부족한 내가 우리 아가를 망치는 건가, 이런 고민과 혼란 속에 정말 힘들었다.
좀 키워보니… 의사 선생님 말이나 책대로 되지 않아도 잘 컸고
아가들의 성향은 정말 너무나도 다르다는 것! 그걸 깨닫고 나서 마음이 좀 편해졌다.
우리 아들, 지금처럼 엄마와 잘해보자. 아프지만 말아다오. (제일 큰 소원이야!)

애물단지

혼수로 샀던 북유럽풍 원목가구!
신혼땐 좋았으나 애낳고 애물단지됨

애물단지 #1

애물단지 #2

장난감으로 하도 내려찍어서
푹푹 패이고 너덜너덜..

애물단지 #3

원목다리때문에 생긴 공간에 룬이가
온갖 것들을 다 밀어넣음

결혼 전 육아 선배들에게 가장 많이 듣던 말이 "높은 침대 사지 마라", "거실장 사지 마라"였다.
하지만 애를 안 낳아봤으니 그런 충고가 귀에 들어올 리가 있나?
나의 선택 기준은 무조건 이쁘고 또 이쁜 것!
그런데 애 낳고 키워보니 우리 집에서 제일 버리고 싶은 1순위가
높은 침대와 거실장이 되었다.
그래서 요즘 결혼을 앞둔 친구들에게 똑같은 말을 하고 있다.

높은 침대 사지 마라, 거실장 사지 마라.

한 입만 더

이유식 시간
밥 많이 남았는데 벌써 먹기 싫어? 더 먹어야 하는데..
도리
도리

그럼 마지막으로 한입만 더 먹자 아~

우와! 잘 먹었어!! 진짜로 마지막이야! 이거 한입만 더~

으와앙- 한 숟갈이 또 남았었네? 정말 한입만 더-♥
빠직

한입만 - 백번해야 끝이 나는 이유식 시간!

쌀 한 톨이라도 더 먹이고 싶어 포기가 안 되고
비운 식판 보면 내 배가 다 부른 엄마의 마음.

다중이 도치맘

기저귀 채울 때

우리 아가의 귀여움 포인트는 셀 수 없이 많지만,
그중 뽀얗고 토실토실하며 찰진 엉덩이는
뽀뽀를 절로 부르는 최애 포인트!

육퇴 후

오늘도 룬이와 빡센 하루를 보내고

뭐지.. 하루가 다시 시작되는 이 느낌은..

영혼이 털리는 하루의 끝, 육퇴(육아 퇴근)을 하고 나면
주부님이 출근하십니다.

부활

말로만 듣던 공포의 이앓이!

어느 날 갑자기 밤새도록 깨고 울어서 왜 이러나 하고 그다음 날 보면 이가 쑤욱~.

이가 날 때마다 이앓이를 하는데 그 와중에 최고는 어금니라는….

키즈카페에서 질주하는 아이를 쫓아다니다 보면 낮은 천장, 좁은 터널 등 고난이도 코스가 많은데 그때마다 수그리고 기어다니다 보면 머리는 쿵쿵 부딪히고 무릎은 닳아 없어질 지경. 너만 즐겁다면 내 도가니(무릎)쯤이야!

모두가 잠든 밤

나만 못자..

오빠 니껀 없어.. 미안..

육퇴 후 비로소 아이에게 해방되는 시간에도 아이를 위해 주방에 선다.
장금이 빙의되어 잠 못 자고 이렇게 만드는데 내일 되면 또 거부하겠지? ㅠㅠ

젖만 먹일 때가 좋았다, 좋았어!

똥도 날 닮아가는 내 새끼..

우유만 먹던 신생아 시절의 구수한 똥이, 아이가 밥을 먹기 시작하면서 비로소 사람 똥이 되었다.

드디어 사람 다 됐네, 우리 아들!

출산 후 달라진 쇼핑템

아이를 낳고 나니 그깟 옷 사봤자 입고 나갈 데도 없고
이제는 쟁여 놓은 기저귀를 보고 그렇게 마음이 든든할 수 없다.

크앙! 이 구역 파괴왕

생후 15개월.. 자비란 없다

자라나는 자아만큼 힘도 세지면서 우리 집 살림살이 아작 나는 중!

자비란 없는 무서운 15개월!

힘들고 지칠 때

홀로 외로운 전투를 하며

힘들고 지쳐 쓰러져

모든걸 내려 놓고 싶을 때면

나의 어둠의 시간 속 한줄기 빛이 되어주는 친정엄마!
오실 때마다 반찬 뚝딱뚝딱 해주시고 나 편히 밥 먹게 애 봐주시고
폭탄 맞은 집까지 정리해주시니 구세주가 아닐 수 없다.

오늘도 기다린다. 엄마, 또 언제 와!

남편의 한마디

할 일이 넘치는 매일매일

잠시 한눈팔면 꼭 다친다

애가 다치면 제일 속상한 건 난데
남편까지 나서서 나를 타박하면 서운함이 폭풍처럼 밀려온다.
애 다쳐서 속상한 건 알겠지만 내 맘은 더 찢어지는 중이거든?
자고로 남편은 말을 아껴야 합니다.

내가 이럴 줄이야

결혼하고 아들 둘(남편 그리고 아이)이 생기고 나니 비로소 느껴지는 친정엄마의 애환.
지금은 큰아들, 작은아들이 세트로 나에게 일폭탄 안겨주는 중이다.
엄마! ㅠㅠ

금붕어 기억력

자꾸 금붕어가 되어 간다..

애 낳고 나니 정말 열일하는 내 머릿속 지우개.

돌아서면 잊고 또 잊는 중….

유모차

유모차로 산책 중에

내리겠다고 진상 부리면

내가 대신 타고 싶다..

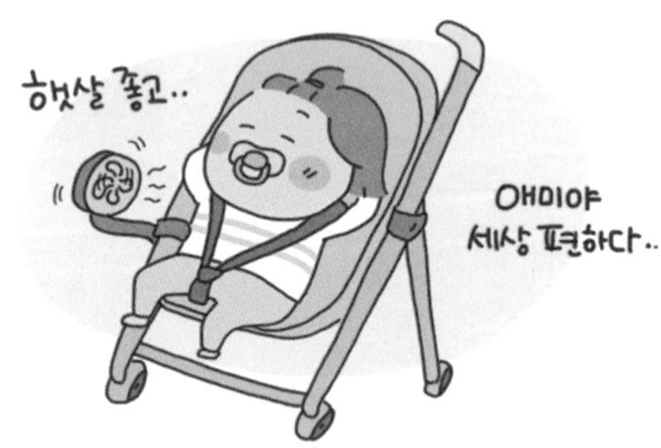

이 좋은 걸 왜..

선선한 바람 맞으며 유모차에 늘어지게 기대어 있는

너 좀 부럽다, 부러워!

다양한 어미의 신분

아이 하나를 키워보니 하루 종일 놀아줘야 하고
비위도 맞춰줘야 하고 구걸도 해야 하고….
상전도 이런 상전이 없네.

AM 6:00 드디어 통잠?

통잠을 자니 수면의 질이 높아져

새벽 6시에 기상..

새벽기상은 너무 가혹해..

단유 후 나도 드디어 쪽잠에서 벗어나 통잠의 세계에 입성하나 했더니
그다음 시련은 새벽 기상! 새벽부터 하루를 시작했더니
점심이 오기도 전에 이미 완벽 방전.
하루가 너무 길다.

모유 수유 그 시간의 끝엔

출산의 고통에 버금간다고 하는 모유수유

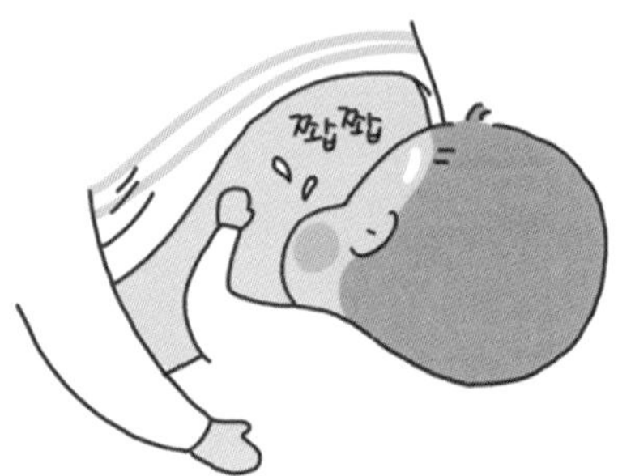

허리와 목이 굽어가는 통증 속에 밤낮으로 쭈쭈를 물리고

시원한 맥주 한잔도 못마시고 15개월 모유수유..
완모를 했다!

그 아름다운 시간의 끝엔..

처진 ~~가죽~~ 가슴만 남았다..

시작은 지옥이었지만 적응 후엔 정말 행복했던 모유 수유의 시간들.
수유를 하며 생전 처음 커진 가슴에 살짝 행복하기도 했는데
그렇게 긴 시간 동안 아이와 함께한 나의 가슴은 단유 후 영원히 사라지고 말았다는….

방전된 나의 체력

룬이가 자고나면 급속충전!

장이 확 깨네

애가 깨어 있을 때 나는 분명 병든 닭이었는데
자는 애 얼굴을 보면 잠이 확 깨면서 체력이 쌩쌩해지는 마법.

대리만족

대리만족하지 말라고..

남편이 유일하게 관심과 적극성을 보였던 육아템.
현실에서 못 다 이룬 꿈을 이렇게….

껌딱지 탈출

낯가림 폭발 시기에 아빠마저 거부하며 내 체력과 영혼을 털었던 아들.
그땐 제발 좀 떨어져라, 그리 소원했는데
막상 아빠를 더 좋아하는 시기가 찾아왔을 땐 은근 섭섭하고 배신감이 몰려오는 것이…
그래도 엄마가 최고지?

도둑

룬이를 출산하고 난 뒤

너무 많은 도둑을 만난 나

다들 하나같이
내 영혼을 털어감..

육아를 하고 살면서 처음 느껴보는 '멘붕'의 시간들.
이제 끝났나 하고 숨 좀 돌릴라치면
좀 더 스케일이 큰 대도들이 또 나를 기다리겠지?

좋은 놈

아-
밥먹자
맨밥은 먹음

나쁜 놈

반찬따위!
크앙
반찬도..
반찬

이상한 놈

냅다 쏙
흘린거
야! 드러워! 먹지마!

더러운 것만 골라먹는 이상한 놈..

밤새 잠 못 자고 만든 반찬이거늘 다 뱉어내고 맨밥만 퍼먹는 너란 아이….
줄 땐 안 먹다가 바닥에 떨어지면 그건 또 주워 먹는 너란 아이….

까톡 까톡 내 가슴 맞나요

출산.. 나에게 이럴 일이니..

출산이 앗아간 많은 것들.
내 자유, 내 시간 그리고 내 가슴.
배로 다 간 거 같기도….

만삭 그리고 출산

#임신스타그램 #32주 #곧만나자아가야

육아좀비, 그 시작은 이러했다.
무섭게 빠지는 머리에 밥 좀 먹을라치면 울어대서 도대체 먹을 수가 없고
초강력 등센서 덕에 애는 하루 종일 안고 있어야 하고
3시간 이상 붙여 잘 수 없는 쪽잠 생활이 이어지면서
지푸라기라도 잡고 싶은 심정으로 기적의 육아템을 사들여댔다.

육아맘, 이 정도로 극한 직업일 줄이야!

으아아앙!
으아아아앙

#2

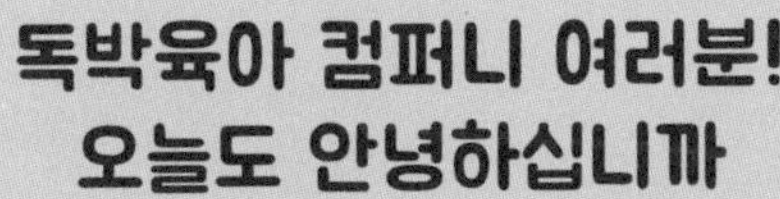

독박육아 컴퍼니 여러분!
오늘도 안녕하십니까

으앙

아이를 낳고 난 후 환청에 시달리는 중….
샤워하다 말고 울음소리가 들리는 듯해
씻다 말고 젖은 채로 황급히 튀어나온 적이 한두 번이 아니다.
가끔은 아니겠지 하고 무시하면 아이가 진짜 깨서 눈물, 콧물 쏙 빼고 있기도….ㅠㅠ

곧 자겠어!

졸려 하는 너의 얼굴을 볼 때마다 매일 꾸는 꿈.

헛된 꿈!

건망증

하루 종일 똑같은 물건들 찾아 헤매는 중.
나의 기억력은 갈수록 퇴화되고 있다.
모든 물건에 위치추적기를 달고 싶은 심정….

외출의 법칙

~~마파의~~ 외출의 법칙

아가와의 외출은 준비과정부터 너무 힘들다.

나가기 전부터 이미 체력 방전!

매번하는 외출인데도 할 때마다 멘붕.

감정 기복

아이의 미소 하나에 온 세상 행복을 다 얻은 것처럼 기쁘다가도
숨 쉴 틈조차 주어지지 않는 육아에 좌절하고 주저앉기도 한다.
나약한 어미라 미안해.

칭찬

요즘 사라진 물건들을 휴지통에서 찾아내고 있는 중.

'나가자'의 의미

앉은뱅이도 벌떡 일어나게 만든다는 마법의 말,

나가자!

칭찬으로 시작했는데

애간장 태우는 어미 맘은 아는지 모르는지 주는 족족 뱉어내고 패대기칠 때면

여지없이 용가리로 빙의하는 나를 만난다.

제발 잘 좀 먹어줘!

너가 하세요

남편과 서로 미루기 배틀 중인

주말 우리 집 풍경.

밥만 푸면 되는데

이 짓을 몇 번 하고 난 후 우리 집엔 햇반 떨어질 날 없이 상시 대기 상태.

햇반은 사랑입니다.

현실의 외출

아름다운 외출을 꿈꿨는데….

어딜 가나 아들에겐 놀이동산이지만 엄마에겐 지뢰밭!

안 돼!

"안 돼!"라는 강압적인 표현 대신 부드럽고 다정하게 설명하고 싶지만
사건은 늘 1초 만에 일어나므로!

쇼핑

엄마가 되고 나니 아이 걸 살 때만 지갑이 열린다.
이쁜 거 사도 애한테 멱살 잡혀서 다 늘어나고….
어차피 패션의 완성은 아기띠!

남편이 아프면

평일엔 하루 종일 독박이라 주말만 보고 살아가는데
남편이 아프다고 하면 눈앞이 캄캄해진다.
부모가 되니 맘대로 아파도 안 되는 거라….

사라진 탄력

출산을 하고 나니 내 몸의 살들이 중력의 영향을 배로 받는 느낌….

흐물흐물 출렁출렁 탄력 1도 없다.

일요일 저녁이 두려워

출산 전 직장인일 때

일요일 저녁이 그리 싫더니

전업맘이 된 지금

이름하야 이곳은 헬육아컴퍼니

남편과 공동육아를 할 수 있는 유일한 시간, 주말.
주말 밤이 지나면 돌아오는 독박육아의 시간이 두렵고 또 두렵다!

미안해

상전님 보좌를 똑바로 못한 죄로 아이가 울면 뭔지 몰라도
일단 사과부터 하고 보는 나.
아이의 울음은 뭐든 내 탓인 거 같아 죄책감이 몰려온다.

저장공간

아이의 매 순간은 담아도 담아도 부족하다.

그래서 룬이 탄생 후 내 사진첩은 늘 포화 상태!

백업은 했으나 지울 수가 없는 이 상황.
자기 전에 맨날 봐야 하는데 아쉬워서 어떻게 지우냐고!

잠자리를 개척하는 자

분명 매트리스는 퀸사이즈인데
왜 난 항상 끄트머리에 매달려 자야 할까?

혼자서도 잘 놀 때는

괜히 귀엽다고 보고 있다가 눈 마주치는 순간 혼자만의 시간 끝!

초조하다, 초조해.

너가 자고 나면

육퇴 후 자유를 꿈꾸며 눈만 살짝 감았을 뿐인데

시간이 사라지는 마법!

너의 사진

엄마의 눈으로는 절대 한 장도 지울 수가 없다.

내 사진첩이 터지는 이유!

엄마바라기

룬이가 구내염에 걸렸다.

애가 아프면 시작되는

일심동체

물아일체

혼연일체

잠시도 떨어지려 하지 않음

아이가 아프면 아빠는 필요 없다.
아플 때 아빠는
의미없고 쓸모없고 소용없고….

먹어야 산다잖아

애엄마가
밥을 맛으로 먹나
살려고 먹지

육아를 하며 식사 중 맛을 느끼는 것은 사치!
살기 위해, 버텨내기 위해 먹는다.

너와의 카페 데이트

카페 민폐남 덕분에

커피를 코로 들이키는 습관이 생겼다.

엄마가 핸드폰을 보는 법

왕년에 만화책 좀 숨겨 보던 스킬 시연 중.

아들 알람

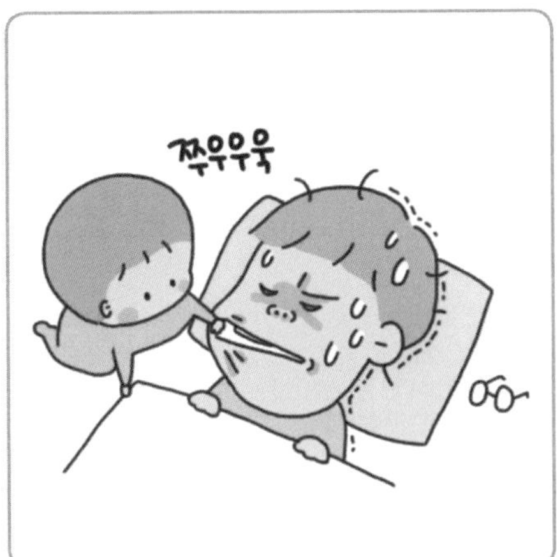

얼굴에 있는 모든 구멍을 공략하는 강력한 아들 알람!
안 일어나고 버티는 남편을 깨우기 위해 오늘도 슬쩍 방으로 아들 밀어 넣기.

엄마는 다 들려

조금씩 할줄아는 말들이 생긴 륜이
엄마마
무-무-
물 달라는 소리
냐아 (야옹)
어흐으 (어흥)
받침 발음들을 잘 못함
꼬깨깨깨 (꽥꽥)
멈머 (멍멍)
이 외에도
아어-아어
맞아! 악어야 악어
짝짝
똑똑해 아들-

개떡같이 말해도 찰떡같이 알아들음

조금씩 말을 하는 아들이 너무 귀엽고 신기한데
나만 알아듣는다는 불편한 진실.

봉변

하루를 마치고 잠들기전

넘 피곤하지만 잠들기가 아까워서
잘수가 없다
눈이 뽑힐것 같지만
좀만 더 보고..

그러다 살짝 정신줄을 놓을때쯤이면

빡!

안 자고 버티다가 다음 날 아침이 되면 늘 후회가 밀려온다.
이것이 만성피로의 길.

까까 훈련법

주세요-

두손 휙!

감사합니다-
해야지

쑤욱

우리 아들
너무 잘하네-

까까로
학습시킨 보람이
있군!

뿌듯

냠

완벽한 학습을 위해 반복에 반복을 거듭한 결과..

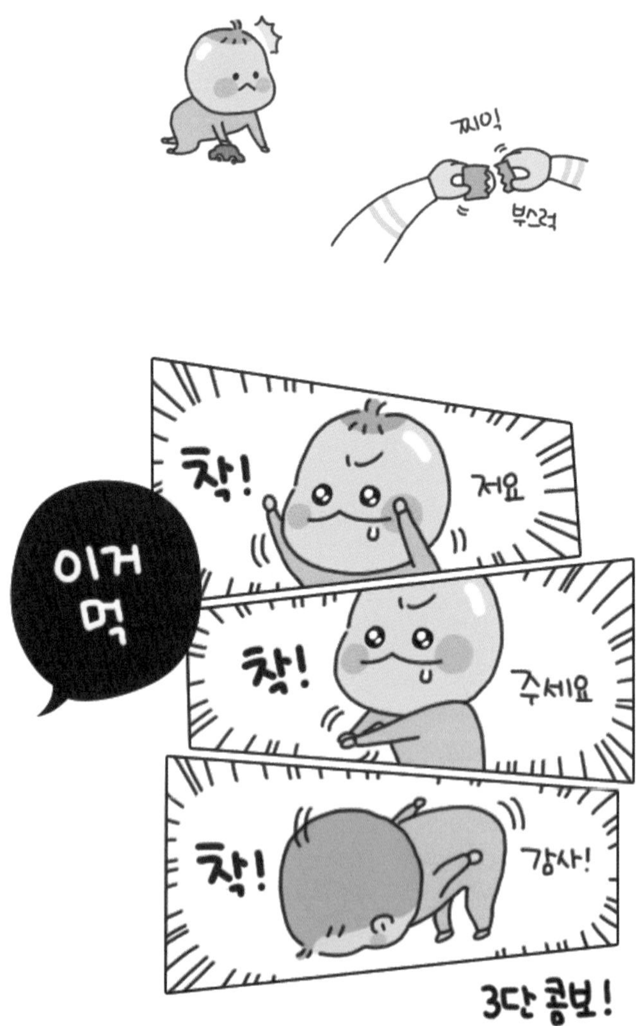
찌이익
부스럭
착!
저요
이거 먹
착!
주세요
착!
감사!
3단 콤보!

파블로프의 반사로 진화됨

학습 끝에 알아서 3단 콤보 날려주고
까까 받아가는 경지에 이르렀다.

엄마가 말하지 않아도 알아요!

기저귀 갈기

왼쪽 다리 끼면 오른쪽 다리 빼고,
오른쪽 다리 끼면 왼쪽 다리 빼고….

빨대컵

빨대컵만 쓰던 룬이!
물컵으로 마시는 연습을 시키기 위해 양손컵을 샀다!

1. 물컵을 준다

룬이의 새로운 물컵!
물 마시자!

2. 쏟는다

받자마자
좌르륵

3. 물장난을 친다

꺄
찰방
찰방

4. 물컵을 뺏는다

안마시고
장난칠꺼면
내놔!

5. 절대 안뺏긴다

좌르륵
조심해!!
휘청

컵 줄 때마다 무한 반복 중.

힘은 어찌나 장사인지….

엄마는 오늘도 청소요정이 되고!

엄마 배 속

임신했을 때
주변사람들에게 젤 많이 들던 말은

뱃속에 있을때가
좋을 때다

지금 힘들지?
낳고 나면
더 힘들다

나중되면 뱃속에
있을 때가
그리울꺼다

그런가..? 그래도 난 니가 빨리 보고 싶은데..

역시.. 낳아보니 지금이 더 좋다

만질 수도 있고 뽀뽀도 할수 있고

물론 가끔은 뱃속에 도로 넣고 싶..

가끔이라 쓰고 매일이라고 읽….

임신 기간에 너무 힘들었는데 나오고 나니 그때 힘든 건 힘든 것도 아니었고….

방풍커버

이제 겨울..
방풍커버의 계절이 왔다

쌀쌀한 날씨..
산책을 하고있노라면

격하게

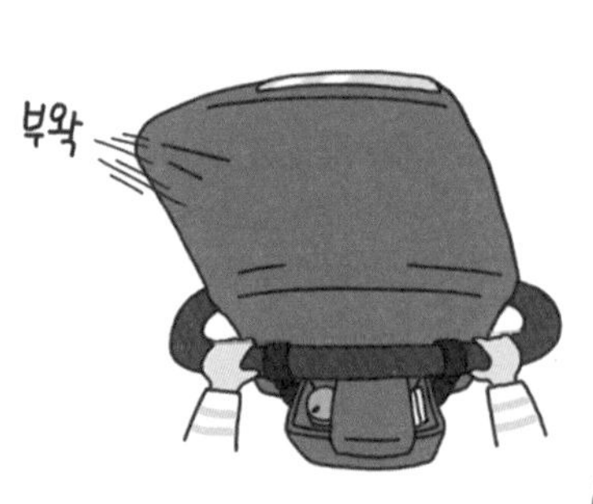

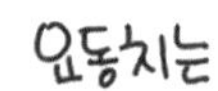

방풍커버..

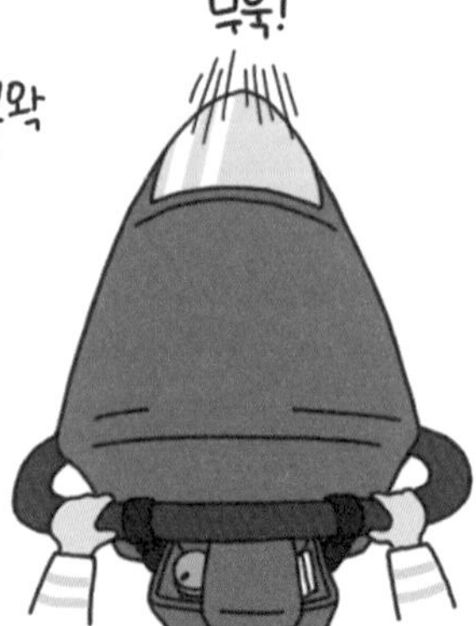

나를 당장 꺼내라

방풍커버와의 사투..

날이 추워지면 외출의 강도가 더해지는데
나가기 전 내의+상하복+외투까지 옷 입히는 거부터 빡세지고
나가선 방풍커버 당장 치우라는 아이의 아우성에 창피함도 더해지고….

잠투정

으아아앙

폭풍 오열

퍽퍽

15단 연속 발차기

허리꺾기 아크로바틱

졸리면 그냥 좀 자

안아 안아

잠들기전 너의 잠투정..

졸리면 그냥 곱게 자면 될 것을….

잘 때를 조금 놓쳤다 싶으면 어김없이 슈퍼 진상력을 발휘!

엄마, 이리 와

설거지하다 불려가고
설거지하다 끌려가고
너 때문에 설거지를 못해 그릇이 모자라!

혼자서도 잘 놀기에

고리 끼우기 놀이도 하고
블럭 쌓기 놀이도 하고
자동차 놀이도 하고
혼자 이것저것 잘 가지고 노네
어디 그럼 나도 밀린 집안일 좀 해볼까..?
혼자서도 잘 놀길래
빨래 좀 널어야..
으드득
끙..

일어난건데..

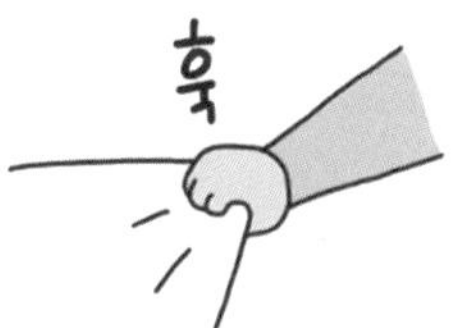

엄마 신경도 안 쓰고 마냥 혼자 잘 놀기에 엄마 없어도 될 줄 알았지.
반경 1m를 못 벗어나게 하는 역대급 미저리.♥

도돌이표

아무리 정리를 해도 1분 만에 초토화되는 마법.
미니멀라이프는 다음 생애에….

0순위

서로에게 1순위가 되기를 약속하며 결혼한 우리

하지만 룬이가 태어나고 난 뒤 모든게 달라졌다

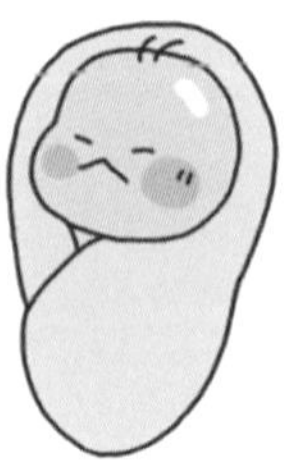

쇼핑을 하러 가도

나 운동화 하나 사야하는데.. 이거 어때?
응.. 괜찮은거 같
BABY
이건 너무 심플한가..?
팟!
BABY
그래도 역시 심플한게 낫..
휙
오마이갓! 너무 귀여워
룬이가 신은거 상상중
BABY
내꺼도 봐죠..
이거 사이즈 있어요?
룬이꺼만 눈에 들어옴
BABY

요리를 할 때도
우와! 맛있는 냄새! 먹고 싶다!!
배고파~
응 이거 룬이꺼야
보글 보글
오빠 니꺼 아니야
아플 때에도
나 약간 감기기운이 오네 으실하게..
에취
저.. 저런 아파서 걱정이네 피..피한거 아니다 오해야 오해
멀찍-이
옮기기만 해봐라..
쓸쓸..

우리집 외톨이..

자긴 나의 1순위,
룬인 나의 0순위.♥

모든 기념일의 주인공

어머!
벌써 다음주면
크리스마스네!
예전같으면
오빠한테
뭐 사달래지?
코트? 가방?..
간만에 장바구니
업뎃 좀 해야겠군
아이 씬나♥
이랬을텐데

룬이를 낳고 나니
우리 아들
크리스마스 선물
뭐 사주지?
뭘 사야
룬이가
좋아할라나..
??
이렇게 바뀐 나

이제 모든 기념일의 주인공은 우리 아기♥

모든 행복의 중심이 아이로 바뀐 나.
기억에 다 담을 수 없을 정도로 너에게
행복한 추억 많이 만들어주고 싶어.

내 아들은!

남편이랑 TV 시청중

어머니! 이제 이 여자가 저에게 더 소중하고 지켜야할 제 가족이에요!!
박력 뿜뿜

우와앙♥ 저 남자 너무 멋지다!

남자가 저렇게 자기 엄마 앞에서도 자기 여자를 아껴줄 수 있어야지 너무 자기 엄마만 챙기면 여자가 힘들지-
엄마보단 마누라를-

마마보이 남편은 안 되지만 마마보이 아들은 환영합니다.
(이렇게 미래에 아들 인생 망치는 엄마가 되고….)

딸바보

동생네

오빠
오늘 얼집샘이
우리딸 사진을
보내줬는데

글쎄 하은이가
지가 좋아하는 남자애랑
뽀뽀하는 사진인거야
그것도 입술뽀뽀를-
어찌나 귀여운지

ㅋㅋ

우리딸
언제 이렇게
다컸

ㅋㅋ

어느 딸바보 아빠의 슬픈 이야기.

장기자랑

시어머님과 아가씨가
정말 오랜만에 오셨다

부쩍 큰 룬이를 보고 놀라신
시어머니와 아가씨

그래서 시작된 룬이 재롱타임

...
잘하는데
왜 안하지?
오랜만에 손님와서
낯선가봐요
그럴수 있지
하하
민망하네..
그럼 다른거 할까
사자가 어떻게
울지 - 사자가?
기대 기대
빨리 해봐
- 잘하잖아

• • •
아 그럼..
다른거 다른거..
나비가 어떻게
날아요 나비가?
기대 기대
빨리 해봐
• • •

자랑하고 싶은 어미 맘 몰라주는 무정한 아들.
둘이 있을 땐 잘하면서 남들 앞에선 왜 안 하니?

평범한 일상

좋아하는 음악 들으며 조용히
차 한잔의 여유도 가지고
BGM. 김윤아

다리 아프도록 돌아다니면서
쇼핑도 하고

금요일 저녁엔 친구들 만나
치맥하며 수다도 떨고

주말 전날엔 신나게 놀다가
저녁 늦게 잠들어서

애 낳기 전엔 몰랐던
혼자 하는 일상의 소중함.
허리 아프도록 자는 게
인생 소원이다.

숨바꼭질

룬이가 젤 좋아하는 놀이는 숨바꼭질!
룬아 엄마랑 숨바꼭질할까?
숨는 레파토리는 항상 똑같은데
룬이 잡으러 간다!!!
커텐 뒤
이불 밑

언제 어디서든 눈만 감으면 시작되는 숨바꼭질 놀이!

어디니? 내 목소리 들리니?

육아는 리액션이다!

하은아, 사랑해

4년전 임신 7개월이던 내 동생은
퇴근길 갑작스러운 복통으로 병원에 실려가서

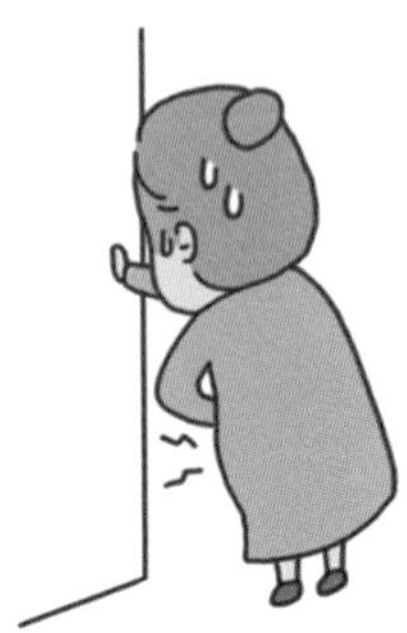

급성 임신중독증 진단을 받았고

그 다음날 바로 제왕절개로 출산을 했다

임신 27주에 겨우 600g의 몸무게로 태어난
칠삭둥이 미숙아

가망성이 희박하다고 했지만 4개월의 인큐베이터 생활 끝에

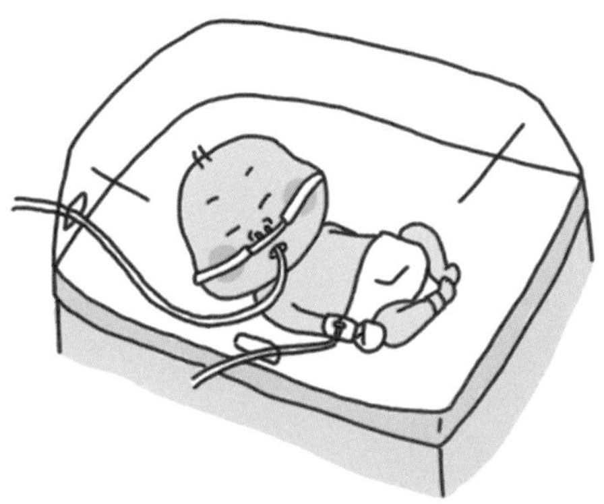

2kg의 몸무게로 퇴원할 수 있었다

하지만 퇴원 후 집에 간지 일주일..

이상한 증세로 그날 저녁
병원을 또 찾았고

청천벽력같은 뇌수막염 진단을 받은 후

또다시 한달간의 병원생활을 해야 했다

아기가 엄마뱃속에서 온전히 10개월의
시간을 채우고 건강하게 세상에 나오는 것.

그것이 절대 '당연한 것'이 아님을 나는 안다

1Kg도 안되는 600g의 몸무게..

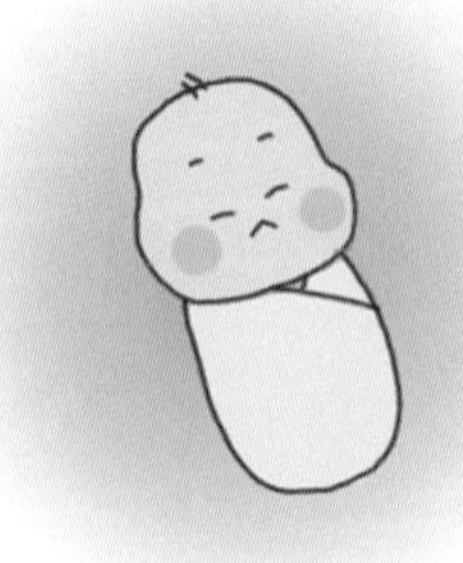

의사가 희박한 가능성이라 말했던
엄지공주 하은이

그런 하은이가 부쩍 커서
올해 벌써 5살이 되었다!

존재 자체가 축복이고 기적인 내 조카 하은이.♥
아주아주 작게 태어났지만 마음이 아주아주 큰 사람이 될 거야!
사랑해, 큰딸!

사랑해줘

혼자 잠깐 좀 놀아
엄마 이모랑 얘기좀하게
맘마마
어찌나 껌딱지인지..
징징대서 힘들어
죽겠어
휴
껌딱지일때가 좋을때다
나중엔 안고 싶어도
애가 싫다한다..
안길때 많이 안아줘-
중학교만 가도
초딩
엄마
엄마가
뭘 알아?!
쾅!
금방
저리 된다
...

귀찮아해서 미안해..
지금처럼 엄마 계속 사랑해줘

자꾸 다중이(다중 인격자)같이 왔다 갔다 하는 엄마라서 미안해!
내 아기, 내 사랑, 내 전부.♥

에피소드
2

으아앙
식당에서

식당
쉿! 조용해!! 한입만
으아앙

어느 휴일.
남편과 룬이와 함께 셋이 오전 나들이 후 점심 먹으러 식당에 갔다.
낮잠 잘 시간이 훨씬 지났는데도 자지도 않고 그렇다고 잘 노는 것도 아니고….
짜증을 너무 내서 남편과 둘 다 지친 상태였지만 집에 가서 점심을 먹기엔 셋 다 너무 배가 고파서 결국 식당에 들어갔다. 애를 먼저 먹여놔야 나도 마음 편히 먹을 수 있기 때문에 여느 때처럼 룬이를 먼저 먹이기 시작했다.
처음엔 좀 괜찮나 싶더니 두세 숟갈도 채 안 먹고 뱉기 시작하고….
그러고선 손에 잡히는 대로 테이블을 두드리고 의자에서 내리겠다고 짜증을 내고 소리소리를 지르고….
애를 혼내고 달래고 어르고 비위 맞춰가며 한 숟갈이라도 먹여보겠다고 용쓰는데 앞에 있던 남편은 "이제 그만 먹여"라며 한마디하고….
아침도 얼마 먹지 않은지라 점심은 어떻게든 한 숟갈이라도 더 먹이고 싶어 포기가 되지 않았다.
애 먹이느라 나는 밥이 코로 들어가는지 입으로 들어가는지도 모르겠고 결국 애는 짜증이 극에 달하고 잠투정까지 섞여서 달래지지도 않았다.
항상 그렇듯이 남편이 먼저 급하게 들이키고 결국 애를 데리고 나갔다.

남편과 룬이가 나간 테이블에서 혼자 남아 먹다 남은 반찬들로 그제서야 배를 채우는데 정신이 좀 차려지니 들리는 옆 테이블 대화.
20대 초중반으로 보이는 젊은 여자 둘의 대화 내용은 대략 "요즘 아이들은 너무 극성맞다"로 시작해서 요즘 엄마들은 어쩌고저쩌고….
우리 테이블 얘기를 하는 듯했다.
우는 애도 극성이고 못 달래는 부모도 민폐라는 얘기.
자기들도 돈 내고 식당 와서 즐겁게 식사하고 가고 싶은데 옆 테이블에서 시끄럽게 하니 짜증이 났을 듯….
예전엔 애가 식당에서 울면 잘 얘기하거나 혼내면 될 텐데 저 부모는 왜 애 케어를 못하나 생각하던 시절이 있었다. 근데 막상 아이를 낳아서 키워보니 혼내고 달래고 노력해도 아이가 내 맘 같지 않을 때가 있다는 걸 알았고….
어쨌든 대화에 더 귀 기울일 새도 없이 식당 밖에서 진상 부리는 애 목소리가 들리니 더는 시간을 지체할 수 없어서 순식간에 흡입하고 밖으로 나왔다.
외식 한번 맘 편히 할 수 없는 삶이여!
너무나도 고된 하루다.

으아아앙!
으아아앙

#3

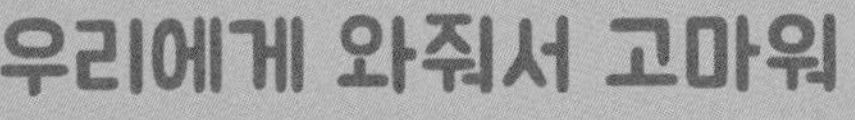

우리에게 와줘서 고마워

갑작스레 찾아온 너

10년의 연애 + 1년의 결혼생활 중인 우리

우리 둘다 워낙 일이 많고 늘 피곤했고
아이계획은 없었다

평화로운 주말오후
자기야 아이없는 둘만의 삶도 나쁘지 않을거 같아

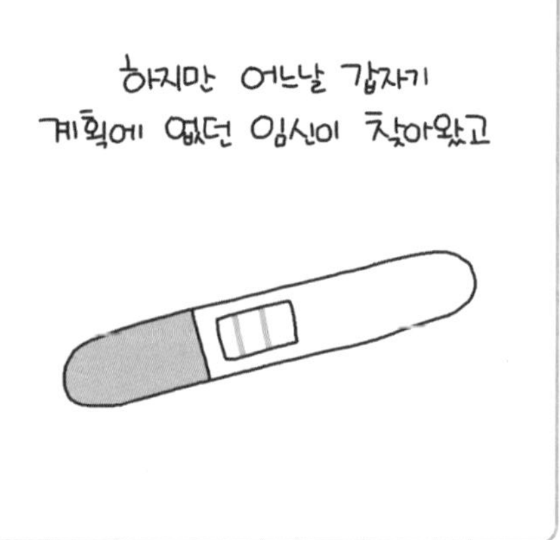
하지만 어느날 갑자기
계획에 없던 임신이 찾아왔고

며칠 뒤엔 부모님과
지인들에게 소식을 알리고
축하인사를 받았다

그리고 여느때와 다름없이

야근을 하던 어느날

첫 하혈이 시작되었다.

너를 무사히 만날 수 있을까

하지만 다음날도..
TOILET
뭐야?!
또 피잖아?

그 다음날.. 그리고 또 다음날도
하혈은 계속되었다
TOILET
..
역시나
오늘도..

병원을 가는 일이 잦아졌고
음.. 피고임이 굉장히
심하네요..

결국엔 절박유산 진단을 받았다
절박유산
입니다..

눈물이 쏟아졌다

절박유산 :

유산이 시작되고 있는 상태로
출혈 또는 요통을 호소한다.
관리를 통해 임신계속은 가능하나
그 중 약 절반이 임신손실로 진행된다

어디서부터 잘못된 걸까

일다닐땐 아무것도 안하고
그렇게 누워만 있고 싶더니..

Z
Z

내일아
오지마라..

밥도 초스피드
앉아있으면 중력의 영향으로 안좋댔어
빨리 먹고 누워야지

씻는 것도 며칠에 한번씩
머리는 3일에 한번만 감자..
꼬질 꼬질

그럼에도 불구하고 하혈은 계속되었고
TOILET
내가 생리를 하는건지.. 임신을 한건지..

병원에서는 늘 같은 말만 들었다
아직 위험하니 계속 누워서 생활하면서 지켜봐야 합니다

남들 다 건강히 잘 하는 임신..
나는 왜 이런걸까..

어디서부터 잘못된걸까..

나는 웹디자이너

내 직업은 웹디자이너

디자이너라 쓰고 자판기라고 읽는다
이거 좀
요것도
내꺼 먼저
제일 급해
Work 1
Work 2
Work 3
Work 4

늘 마감에 시달리고
이거 낼 아침에 확인할 수 있게 잘 부탁해요
클라이언트
수정 사항
Mail
PM 6:00
니들 퇴근하면서 일 주고 가지마 이것들아!

좋은 클라이언트 만나기도 쉽지 않고
v 수정사항
간결하면서 화려하고
강렬하면서도 부드럽고
럭셔리하지만 내츄럴한
그런느낌 아시죠?
크리에이티브하게
부탁합니다
이게 먼소리여..

스트레스가 많고
예민해지는 일이다 보니

'엄마의 삶'을 살아볼 수 있을까?

입덧의 위력

입덧이 시작되었다
엄마 갈게 뭐 먹고싶어?
아무것도 사오지마.. 생각만 해도 토할 것 같아

난 지금 아무것도 먹을 수가 없다

아침에 삼겹살도 구워먹는 식욕의 내가
TV에 나오는 먹방만 봐도 속이 메스꺼워지고
읍! 토할 것 같다
먹방

무엇보다 힘든건 예민해진 후각
철컥
안돼!! 냉장고 문 열지 마!
음식냄새 토할 것 같아

모든 냄새가 몇십배 강력하게 느껴진다

남편의 체취마저 견딜수 없게 되고
같이 잘 수가 없어..

소파에서 자야겠다..
거실로 나옴

하지만 소파 가죽 냄새에 또다시 습격당함
살려줘..
가죽냄새

너 만나기 정말 힘들다 아가

드디어 밖으로

입덧과 하혈로 인한 산송장 생활은

두달여만에 끝이 났다

그렇게 두달만에 드디어 다시 출근!
드디어 다시 세상밖으로!
왠지 설레임

하지만 설레임도 잠시
핑크좌석은 커녕 서 있을 자리도 없어
콩나물 시루~
꾸역 꾸역

출근만으로도 체력 탕진..
그동안 너무 누워만 있었더니 힘들어 죽겠네
핑크좌석 비어있는 꼴을 못봄..

출근길은 조금 힘겨웠지만
입덧이 아직 끝나지 않아서 사람많은 지하철이 곤욕스러움

오랜만에 회사 사람들과
만날 생각에 설렌다
안녕하세요
저 왔어요!
스윽

팀원들은 반갑게 나를 맞아주었고
기다렸어요
이제
괜찮으신거죠?
다행이에요!

그런데 어쩐지
밝은 웃음 뒤에 느껴지는
그간의 고생..
왜
이제 왔어요!
일은 많고
사람은 없고..
다크
다크
내 몫까지 나눠 일하느라 고생한 팀원들..

이제
살았다
나 돌아온거..
잘한 짓일까..?

직장인으로 산다는 것

회사 복귀 후 배는 점점 불러가는데
여전히 일은 많다
Work 1
Work 2
Work 3
Work 4

임신 기간엔
근로시간 단축되는 법도 있다지만
임신한 공무원 친구
우와 넌 2시간 일찍 퇴근해? 좋겠다아 -
그건 딴세상 얘기고..

임신해서 힘들다고
내가 일을 남기고 빨리 퇴근하면
죄송해요 저 먼저 가요

남은 일은 고스란히
다른 팀원들 몫으로 돌아간다
가뜩이나 일 많은데
나땜에 더 야근..

임신하고 나더니
일 제대로 못한다 소리 나올까봐
그것도 싫고..
예전같지 않네..
쑥덕

그래서 여전히
야근과 철야를 밥먹듯이 하고 있다

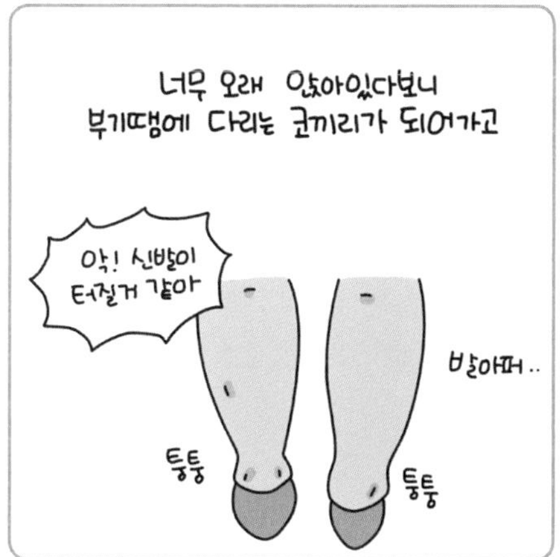
너무 오래 앉아있다보니
부기때문에 다리는 코끼리가 되어가고
악! 신발이 터질거 같아
발아퍼..
퉁퉁
퉁퉁

점점 불러오는 배때문에
허리와 무릎 통증이 더해져 간다
지끈
아이고..
일어날때마다 곡소리..

그러던 어느날..
여느때처럼 폭풍 야근을 하고
새벽 별을 보며 퇴근을 했는데

참아왔던 감정들이 그날 길바닥에서 토해져 나왔다..

나도 불쌍하고 뱃속의 아기에게도 왠지 미안했던 하루..

배 속에 있을 때가 편할 때라고!

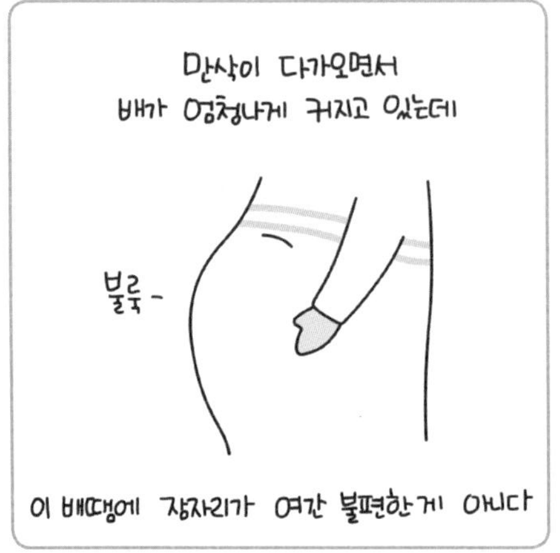

자다말고 깨서
화장실을 열댓번도 더 간다
TOILET
쏴아ー

수면 자세가 불편해서 깨고
화장실 때문에 또 깨고
도대체 잠을 잘수가 없네..

아침에 일어나면
온 몸이 쑤시고 피곤해 죽을 맛..
욱씬 욱씬
잔거 같지가 않아..

출산한 사람들에게 제일 많이 듣는 말이
뱃속에 있을때가 좋을때야 그때가 편해
라는 말인데

나중은 나중이고 지금은 힘들어죽겠으니 빨리 나왔음 좋겠다

드디어 너를 만나다

조금씩 아이 만날 준비를 하기 시작했다

난 매일매일 집 앞 공원에서
걷기운동을 했다
엄마
순산할 수 있게
도와줘!
파워워킹~

그렇게 며칠이 지나 출산을 2주 앞두고..
얼마만이냐!
오랜만에 만난 친구와 경리단길 오르막을
빡시게 올랐던 그날..

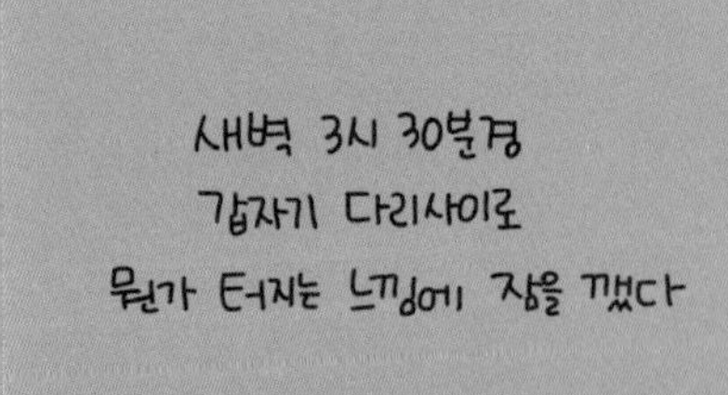
새벽 3시 30분경
갑자기 다리사이로
뭔가 터지는 느낌에 잠을 깼다

화들짝
헉!
물풍선 터지는
이 느낌은!?

양수다!
양수가 터졌다!

부랴부랴 남편을 깨워 병원으로 달려갔고
부아아앙

7시간의 진통 끝에

드디어 아이를 낳았다

빨갛고 못생겨서 놀랐던 너와의 첫만남!

전날 오르막길을 폭풍도보했기 때문인 걸까.
예정일보다 2주나 빨리 그날이 왔다.
양수가 터지고 병원에 오자마자 시작된 진통.
새벽 4시 정도였는데 진통이 약하게 오고 있을 때였다.
부랴부랴 오느라 못 챙겨온 짐을 챙겨오라며 남편을 집으로 보냈다.
그리고 이제 시작이니 가서 일단 한 시간 정도 눈을 붙이고 오라고 했다.
(전날 늦게까지 야근하고 오느라 몇 시간 자지 못한 남편이었다.)
남편을 집에 보내고 처음에는 견딜 만했는데 이내 점점 진통이 강하게 오기 시작했다.
얼마 지나지 않아 참을 수 없이 아파오기 시작하면서
갑자기 집에서 자고 있을 남편이 원망스럽기 시작했다.
(내가 가라고 해놓고서 말이다.)
나는 이렇게 아픈데 집에서 편하게 잠이 오나?
이 시점에 자고 오란다고 진짜 자고 있나? 이런 생각이 들면서
원망은 점점 분노로 바뀌고 급기야 남편에게 전화를 걸어서
나는 지금 아파 죽겠는데 뭐하고 있냐, 빨리 안 오냐고 소리치고 다그쳤다.
육아를 하며 느끼는 나의 다중이 호르몬이 이미 이때부터 시작되고 있었던 것 같다.
어쨌든 난 연신 간호사에게 무통주사를 외쳐댔고
2시간의 지옥 같던 진통 끝에 무통천국이 시작되었다.
그리고 5시간 후, 무통빨(?)이 아직 남아 있을 때 출산이 시작되었다.
무통빨이 남아 있어서 회음부는 아예 감각이 없었는데
문제는 간호사들이 내 배를 누를 때의 고통이었다.
미친 듯이 온몸으로 눌러대는데 속으로 '아, 이거 곧 장기 터지겠는데?'라는 생각이 들면서
내 배를 누르는 간호사의 멱살을 잡고 싶었다.
그래도 어쨌든 남들에 비해서 아주 수월하게 아기를 낳은 편이었는데
힘을 자주 잘 준다는 의사의 칭찬을 받으며 20분 만에 아이를 낳았다.

그렇게 나의 아이를 만났다.

나를 구걸하게 하는 자

아오 이 귀여운 찹쌀떡같은 볼따구♥

나를 구걸하게 하는 너란 남자

으아아앙!
으아아아앙

#4

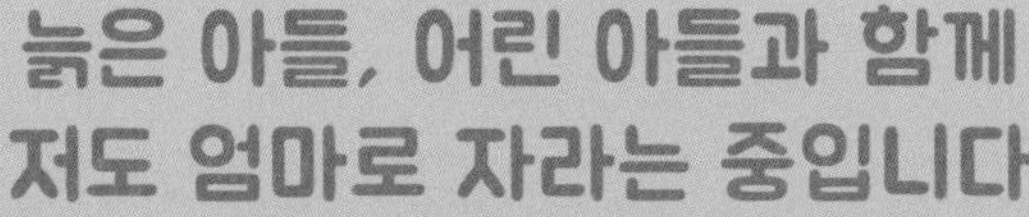

늙은 아들, 어린 아들과 함께 저도 엄마로 자라는 중입니다

아들

하지 말라는 것만 골라서 하는, 말 안 듣는 우리 집 큰아들.

때릴 수도 없고….

아빠가 시간을 때우는 법

만성피로 아빠의 육아 일기.
누가 바닥에 본드 붙여놨나 봅니다.

남편을 반기는 그것

오늘도 야근 후 퇴근준비

퇴근 후 지친 나를 제일 먼저 반기는

신발 벗기 전에 시켜야 하므로 현관에 차곡차곡 항시 대기 중이다.
자기야, 빨리 와! '쓰봉이'가 기다린대!

새벽녘의 결심

다음날 아침되면 리셋..

매일 야근후 자정이 지나서야
퇴근하는 남편
휴
툭

가족들이 깰까봐 불꺼진 주방에서
홀로 조용히 컵라면으로 늦은 저녁을 때운다
후루룩
안쓰럽..

후루룩
고생했어
주말에 푹
쉬어
주말엔 쉬게 해주리라
다짐한다

출산 후에 분노 조절 장애가 오는 것 같다.
어제 새벽 내 마음은 그렇지 않았는데
해만 뜨면 도지는 이 병….

도와줘

주말

자기야 나 오늘 할 일이 좀 많으니까
준이 혼자 몇시간만 봐줘

애 좀 보라고 시키면 어찌나 나를 불러대는지
나도 할 일 많거든!
혼자 좀 해, 제발.

사건사고

룬이에겐 동갑내기 친구가 많은데

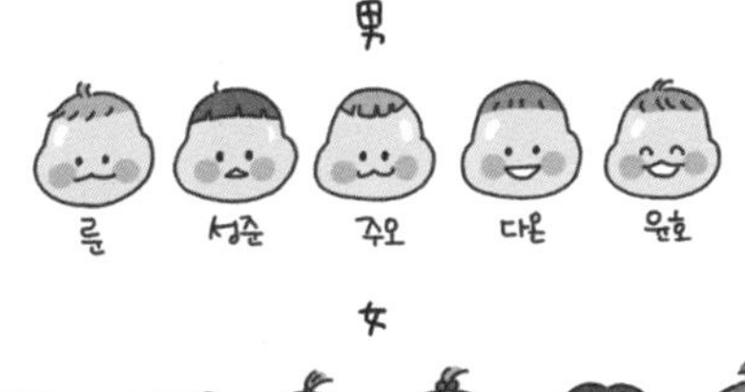

그저께는 다온이가
문틈에 손을 넣고 문을 닫아서

결국 손가락을 다치고

어제는 룬이가
식탁의자에서 일어나 까불다가

뒤로 넘어져서
바닥에 그대로 머리로 꽈당

오늘은 뛰어놀던 주오가
엄마에게 달려가 안겼는데

엄마손가락에
이가 부딪혀 이빨이 빠짐

얼굴에 상처 마를 날이 없는 우리 아들.
왜 아들 보험료가 더 비싼지
키워보니 잘 알겠다.

너와의 외식

주말에 남편과 함께 외식을 하러 나왔다

간만의 외출과 외식에 마음이 들뜬다

하지만 아이들은
집중력이 짧기 때문에
이내 곧 엉덩이가 들썩거리는데

엄마빠가 밥 좀 먹을라치면

그래서 어쩔수 없이 또 핸드폰을 투척!

계속 울고 떼쓰는 애를 제대로 진정시키지 못하면

라고 느껴지는 마음의 소리..

결국에 같이 나와
밥은 따로먹는 우리의 외식공식..

안에서나 밖에서나 아이와의 식사는 언제나 밥을 코로 들이키는 기분.
그래도 집구석에 애와 처박혀 있으면 또 나가고 싶어진다.
물론 식당 문을 나설 때마다 '다시는 외식 안 해'라는 결심을….
다 먹고 난 후 바닥에 쭈구려 앉아서
애가 흘린 음식 줍는 일은 필수 코스!

남편의 신분

신혼 시절

이랬던 우리..

현재
...
좋은 말로 할때 먹어라..
룬이가 밥 안먹어서 빡친 상태
출출한데 뭐먹지..?
뱉지마라고..
주륵
우리 뭐 먹
거참 배고프면 나가서 뭘쫌 사오등가! 내가 징 노니?! 놀아?!?
가뜩이나 속터지는데
크릉

집이 넘
지저분하네
좀 치워야겠다
끙차
혼잣말
그럼 오빠 니가
다 치우든가!!
난 그거 똑같은거
하루에 열두번도
더 치우거든?!
그거 한다고
생색은
아이고
피곤하다
룬이랑 놀다
잠깐 앉음
뭘 얼마나 놀아줬다고
벌써 피곤하대
난 하루종일 하는건데
다 들림
그새 또 앉네

우리집 욕받이..

분노 조절 장애로 육아 스트레스의 불똥이
자꾸 남편에게 튄다.

나도 내가 조절이 안 돼….

엘리베이터

복잡한 주말의 쇼핑센터

띠링동♪
왔다

스르륵

자리가 없네
꾸역
꾸역

스르륵

애낳고나니 백화점에도 무빙워크가 있었으면..

아이를 낳고 보니 혼잡한 쇼핑센터에서 유모차로 이동하는 불편함이 얼마나 큰지 알게 되었다.
예전엔 그리 쉬웠던 층간 이동이 이렇게나 오래 걸릴 일이라니….
엘리베이터가 아닌 무빙워크가 절실히 필요한 육아맘!

남편에게 바라는 것

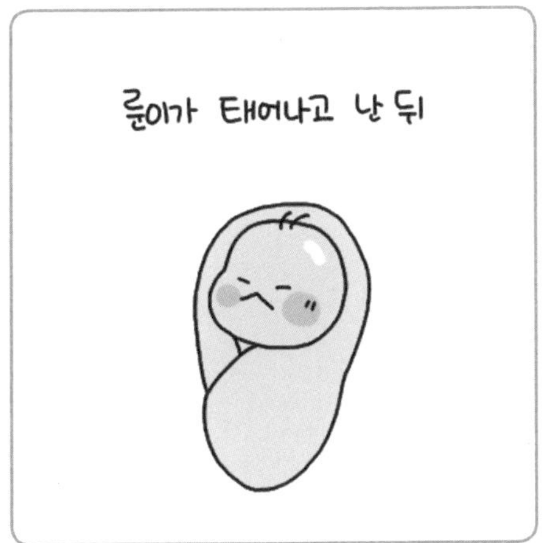
룬이가 태어나고 난 뒤

만지는 것도 두려워했던
'초보아빠' 남편
부들 부들
이.. 이렇게
들면 되나?

똥기저귀는 죽어도 못간다는
초보아빠가
똥 치우는 건
죽어도 못해!!
그것만은
시키지마!

이제는 아들의 똥묻은 엉덩이도
씻길줄 알고

혼자 아들 샤워도
시킬 줄 알고
어푸푸

밥 먹이는
자기만의 노하우도 생기고
빨리 먹고
헐크 아저씨랑
싸우러 가자

어느새 '아들바보'로 성장한
우리 남편

많이 발전했다
우리 남편
아름다운
광경이야
훈훈

내가 엄마로 성장하는 시간 동안 남편도 아빠로 성장하고 있었다.
아직은 부족하지만 조금씩 부모가 되어가고 있는 우리.
조금 더 분발해봅시다!

나도 여자랍니다

자기야
난 자기랑 결혼하길
잘한것 같아
왜에에에에에?
왜 그렇게
생각하는데??
뭐..
자기는 사치도
안하는 편이고
우리 이쁜
룸이도 낳았고
모성애도
강한것 같고
엄마로서
희생정신도
있는것 같고
지금 그 말은..

벌써부터 의리로 살지 마라.

알고 보면 나도 여자라고!

늦은 육퇴로 아직 치우지 못한 거실을 보고

집 완전 폭탄맞았네

휴

라고만 했을 뿐인데

그 말이 내 귀에는

집완전 폭탄 맞았네
하루종일 집에 있으면서
하나도 안 치운거야?
애랑 집에서
달랑 둘만 있는데
좀 치우고 살지
하루종일 뭐했어..

휴

라고 들리는 이 상황..

스치는 말 한마디에도 감정이 널뛰는 중..

육아가 고된 날일수록 더 심해지는 이 증상.
쌈닭 호르몬에 지배당하고 있는 중….

새해

치킨 치킨
언제 먹어도 맛나는
치킨 치킨 ♪

헐 자기야!
자기 또 먹는거야?!

아..아니;;
어제 먹다남은
치킨인데
버리기도 아깝고해서
내가 먹
힉!

또 먹는거야
나이를
한살 더..
그대여
나이를 다이어트
할순 없나요..

아들과 함께한 육아의 시간은 정말이지 빠르게 흘러갔다.

우리 가족과 함께할 또 다른 새해여, 안녕!
그리고 한 살 어렸던 나여, 이젠 안녕!

내가 살찌는 이유

하루종일 애 뒤치다꺼리 하다보면
삼시세끼 밥 챙겨먹기도 힘든데

도대체 이 뱃살은 뭐냐고..
살은 왜 찌냐고..

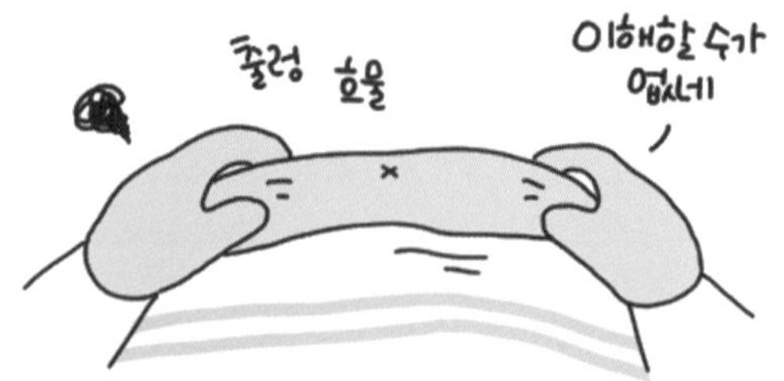

나의 하루

애랑 하루종일 씨름하면 너무 지쳐서

종종 배달음식으로
식사를 때우게 되는데

2000kcal의 치킨으로 한끼를 대-충 때우고

애 밥먹일때 밥 안먹고
죄다 남기면

버리기 아까우니 애 밥도 대신 내가 먹고

애 간식시간 되면

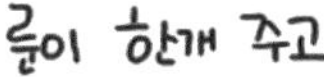

나 다섯개 먹고

나만 모르는 내가 살찌는 이유..

땅거지처럼 애가 흘린 것도 (버리러 가기 귀찮아서) 계속 주워 먹는다.
그랬구나,
그래서 너를 낳고도 이 배가 안 들어가는 거였구나!

엄마 파워

3kg짜리 아령도 너무 무겁고

10kg짜리 쌀도 무거워서 못들겠는데

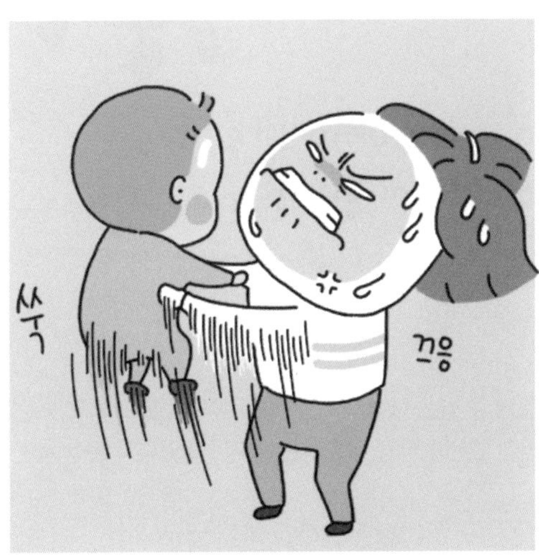

으랏차차차!

힘겹게 한 팔은 아이 안고 한 팔은 유모차 밀고 가고 있는데
안겨 있는 상태로 유모차는 자기가 밀겠다고 난리 치면

그날은 삼두근 터지는 날….

육퇴 후 꿀타임

전쟁같은 하루를 보내고
드디어 육퇴
하루가 열흘같았어..

하지만 육퇴 후의 시간은
어찌나 빠른지
나 아직 씻지도
못했는데
벌써 새벽 1시?!

룬이가 태어난 이후
늘 수면부족에 시달린다
쏴아아
졸려 죽겠다
할일은 많고
잘 시간은 부족하고

자정이 훌쩍 넘은 시간..
잠자리에 누웠다
빨리 자야지
좀 있음 또 룬이
깰 시간이야
피곤해..

잠자리에 누워서 잠깐만 봐야지 하던 게 늘 새벽행….
그리고 어김없이 내일 아침 후회가 된다.

둘째 생각

재잭년 아이를 처음 낳고 나서

신생아 시절..
모유수유라는 생지옥을 겪으며 생각했다

그런데 룬이가 21개월인 요즘..
둘째 생각이 나기 시작했다

하지만 이내 깨닫는 현실의 육아..
역시 애는 하나로 족해..
이런걸 둘이나..
우에에엥!
정신차리자

근데 또 주변에
둘째 임신한 친구를 보면 왠지 부럽다
우와! 배 많이 불렀네
너무 기대된다!
기분이 어때?
잘 모르겠어
걱정이지 뭐..
내가 임신하면
어떤 아이가 나올까
둘째는 어떤 얼굴일까..
누굴 닮았을까..
왠지 설렘..

밥 한끼 편히
먹지도 못하는데
애 둘은..
상상도 하지 말자

물론 금방 다시 깨닫는다

둘째, 자신은 1도 없는데 자꾸 고민된다.
이러다 이 고민이 폐경 전까지 계속될 기세….

과중 업무

주방에 있을 때에는
우에에에엥!

요리 할때만이라도
누가 애 좀 봐줬으면 좋겠고
부들 부들
가만히 좀 있어줄래?
아둥 바둥

외출 할때에는
나 외출 준비하는 동안에
좀만 기다려봐 눈썹만 그릴께;;
문신을 해야하나..

누가 애 옷 입히는 것만이라도
좀 해줬음 좋겠고
시간 없어! 일로와! 빨리 옷 입게
옷 다 입히고 똥 안싸면 다행
애 짐 싸면 한보따리

이것은 명백한 과중 업무다.
이러니 내 성질이 드러워질 수밖에….
매 순간이 투 머치인 현실 육아!

휴식이란

하루의 끝. 각자의 자리에서
빡신 하루를 보내고
하아 이놈의 회사..
하아 내 새끼지만 정말..

좀비가 되어 하루를 마감한다
몇시간 있음 또 출근이라니..
골골
룬이는 또 새벽같이 일어나겠지..

대화할 기력도 없이 내일을 위해
각자 잠자리에 든다
나 낼 새벽에 나가.. 이렇게 살거면 왜 살까..
속닥
자도 자도 졸려.. 언제쯤 풀릴까 이 피로..
속닥

잘자
자기도..

고쳐지지 않는 새벽녘 잠자리에서의 핸드폰 삼매경.
이래 놓고 내일 아침에 쌍으로 후회가 밀려온다.

로봇의 세계

룬이는 아들이라 그런지
자동차를 진짜 좋아해
윤호도 빠빠방이
마니아예요

좀 있음 로보트에
환장할텐데..
이제 곧
입문하려나..
남자애들은
로봇값
장난아니래요

가격은 드럽게 비싼데
이게
5만원?!
헝하게 놀아서
고장도 잘남

시리즈는 겁나 많고
계속해서 새로운 로봇을 출시하기 위한
그들의 빅픽처
헬로카봇 개미지옥

또 힘든게 변신시켜주는거
엄마가 공부해야 하고
애낳고 1분전 일도
기억이 안나는데..
뇌를 같이
출산함
변신 동영상

혼자 변신을 못시켜서
계속 해줘야 하고
또 또
이건
니가 노는것도
내가 노는 것도
아니야..

또 여러개를 사야
하나로 합체가 되니까
합ㅡ체
얘네들을 다 사야
하나로 합체가 됨
등골 브레이커

한개만 살수도
없어요
합체하려면
다 사야하는데..
진짜 최악의
상황은..

빠지기 시작하면 등골 아주 다 뽑힌다는 로봇의 세계….
들린다, 들려, 몇 년 후 지갑 털리는 소리가!

혼자 있어도 바쁜 이유

주말 오후,
남편이 룬이를 데리고 키카를 갔다
잘 다녀올수 있지?
기저귀 수시로
확인하고..
응! 다녀올께!

끼야호!
반년만에 자유부인♡

아아.. 이 소중한 시간을
뭐하면서 보내지..?
한숨푹 잘까..
아님 영화 한편..?
시간이 금이라는 말은
이럴때 쓰는 말인가..
마사지 한번
받고싶다..

지-저-분
음.. 근데 집이 좀 더럽긴 하네..
룬이 있음 치우기 힘드니까
좀만 치우고 쉴까?

일단 애 있으면 치우기 힘든
매트밑 바닥 청소부터 하고
저실 치워버리고 싶은 품목 1호
위이잉

하는김에 설거지도 하고
장난감 정리도 하고 빨래도 하고
팟!
팟!

자.. 이제
수건만 정리하면
끝이다..
빌빌

하아 드디어 끝이다
이제 좀 푹 쉬자
풀썩

남편에게 자유를 얻어 혼자 있어도 편히 쉬는 게 아니다.
애 없을 때 치워야 빠르고 깔끔하게 치울 수 있다 보니 내 자유는 청소하다 다 끝나고….
근데 또 집안일이라도 애 방해 없이 혼자 하게 되면 그거라도 행복하다고 느낀다!

회식

독박맘이 제일 힘들어지는 시간..
저녁 6시..
아까부터
시계가 멈춘거 같은건
기분탓이겠지..?
폭삭

띠용띠용

자기야!
어디야?!
오고있어?
집앞이라고
말해줘
나의
구세주
아빠
아빠

나 오늘
회식이야
나를 가장
불행하게
만드는 말

회식만든 사람
이리 나와..
너 애
안키워 봤지..
뚜-뚜-
빠각

오늘도 끝까지
독박이네..
한층 더
폭삭..
하아..

지금부터
저녁도
먹여야 하고
목욕도 시켜야 하고
자려면 3-4 시간은
더 있어야 하고
육퇴 후 청소는
옵션..

나도 회식하고
싶다아아
1차, 2차, 3차
가고싶다아

옛날엔 야근도 많고 술도 잘 못 먹어서 회식이 싫었는데
지금은 겁나 달리고 싶다.
나도 친구들과 불금(불타는 금요일)을 보내고 싶다!

위로와 칭찬

주말

마감해야 할 일이 있는데 자꾸 매달리는 룬

결국 남편이 룬이 데리고 외출!

남편은 룬이와 함께
한증막을 갔고
어디가!
이리와!
조심해!
옆 사람한테
물 튀어!!
나간 지 7시간만에
대장정을 마치고
돌아왔다!
자기야
나 왔어..
영혼을 한증막에
두고 옴
이렇게 둘이
길게 놀고 온건
처음이네!
대단해!!
불태웠다..

정말 힘들었다..
재 미친듯이 뛰어다니고
화분 흙 파먹고
밥도 안먹겠다고
난리 치고
조잘
조잘

남편은 7시간의 이야기들을
구구절절 털어놓았고

샤워시키는데
샤워기물을 옆사람, 뒷사람
아주 다 뿌리고 있고
어우
진짜
너무 힘들었겠다
내가 알지..
잘했네 잘했어!

고생한 남편을 한껏 칭찬해 주었다

그러면서 드는 생각은

어때
그간 나의 노고를
알겠냐
난 맨날 그렇게 힘들다..
알겠으면
어서 나를 위로하고
칭찬해라
잠이 들었는데
눕힐 자리가 없어서
30분을 안고 있고..
주저리
주저리

"
그동안 자기 너무 힘들었겠다
내가 해보니 알겠네
진짜 고생했어..
"
라는 공감과 위로의
말이 넘나 필요한 것..

나도 예전엔 그랬지만 육아라는 게
경험해보지 않고서는 그 고됨의 크기를 절대 알 수 없다.
상대방이 겪어보고 공감하고 위로해주는 것이 얼마나 큰 힘이 되는지 모른다.

네가 어린이집 가고 나면?

다음주 룬이도
드디어 어린이집을 간다!

첫 등원을 앞두고

걱정이 많다..

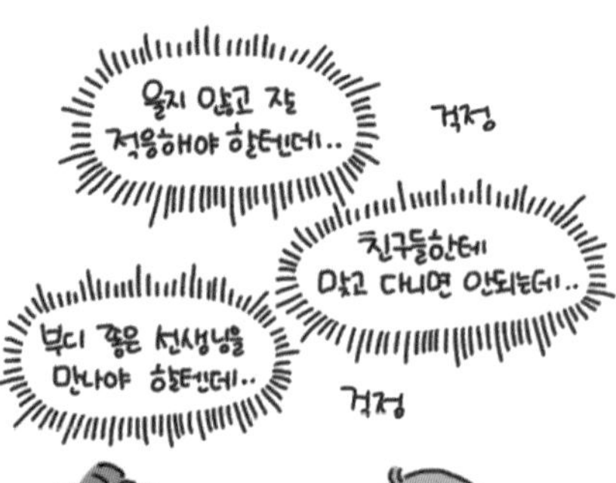

걱정이 태산같이 밀려온다

그런데 또 걱정과 동시에..

학창시절 시험 기간

지긋지긋한 시험! 이제 곧 끝이다!!

시험만 끝나봐! 만화책도 몰아서 보고 잠도 죽은듯이 잘거고 드라마 밤새 보고

학창시절.. 곧 다가올 자유를 앞두고

설레는 마음으로
신명나게 계획을 세워댔던 것처럼

'나만의 시간'이 생긴다는 생각에 설레기도 함..

현실은 밥 먹고 청소하고 반찬 만들면 아이의 하원 시간이 오지만
그래도 2년 만에 얻게 될 내 시간이 기대되고 설렌다!

으앙! 어린이집 첫 등원

드디어 어린이집 첫 등원날!

어린이집 대문앞에서
선생님과 인사를 나누고

폭풍오열하며 문앞에서 급속 이별..

문은 닫혔고

안에선 애들 다 울고불고 난리..

쉽게 발걸음이 떨어지지 않던 첫등원..

울고불고하는 애를 억지로 보내고 나니
이렇게까지 해서 보내야 하나 싶은 죄책감이 밀려온다.
하지만 들어가자마자 1시간 내내 잘 놀았다는 반가운 소식!

엄마의 고된 하루

저녁에 퇴근하고 온 남편이
룰아! 일부러 물 쏟지 말랬지?!
짜증
좌르륵
짜증
신경질나
사고치는 룰이에게 화내는 나를 보고

애한테 왜이렇게 신경질적이야..
큰잘못도 아닌데 좋게 말해도 될것을.. 성질..
꺄
찰방
라고 얘기했다

어떤 마음으로 한 말인지 이해는 간다

'물 한번 쏟은 것'이 뭐 대수라고..

하지만..
아침부터 저녁까지 하루종일
아이와 있는 나는..

물 쏟는거
아니라고 했죠?
시작은
좋게
분노게이지
또 쏟았어!
다친다고 했잖아!
미끄덩
분노게이지
장난 그만치고
내놔 좀!
분노게이지
하루종일 수도 없이
장난치는 아이와
반복되는 전쟁을 하고
한숟갈만
더 먹어!
체력게이지
도대체
어쩌라고!
체력게이지
좀만 기다려
좀만!!
체력게이지
아침부터 저녁까지 이어지는
독박육아와 가사일에
체력은 바닥..

신경질적인 그 말 한마디가 나오기까지..

이런 것들이 누적되어 지친 하루를 보냈다는 것..

하루 종일 털린 육체와 멘탈에 남편의 무심한 한마디가 얹어지면
여지없이 내 마음은 쿠크다스처럼 부서져 내린다.
그리고 자는 애 얼굴 보면 왜 못 참았나 하고 밀려오는 자괴감에 또 한번 마음이 무너져 내린다.
여기저기 무너지는 내 마음은 어디서 위로받아야 할까?

2시간의 자유

어린이집 등원 2주차!
이번 주는 2시간씩 보내고 있다
어린이집

혼자만의 시간을 보낼 수 있는
그 2시간!
12
3
6
9
사실 뭘 대단히 할 수 있는 정도의
시간은 아니다

밥 먹고
설거지하고
거실 정리 좀
하고 나면

엉덩이 붙일 새도 없이
자유시간 순삭..
2시간이 20분같이
느껴지는 마법
헉! 벌써
하원시간?!
빨리 나가야겠다
뭐했다고

근데 그 2시간이 뭐라고..

하원 때 데리러 가면
그리 반갑고
우리 아들!! 잘 놀았쪄?!
꺄-

남은 하루의 시간 더 잘해줘야지
다짐도 또 하게 되고
집에 가서 맘마 먹고 재밌게 놀자!! 뭐 할까?

떨어져 있다 만나면 오히려
더 사랑하게 되는 기분
엄마 보고싶었쪄?!

이것이 엄마에게도 충전이 필요한 이유!

2시간 충전이 하원 후 한 시간도 안 돼서 방전되는 건 함정이다!

낮잠까지 자고 와주겠니? ㅋㅋ

뽀로로의 위력

할 일이 태산인데
아무것도 못하게 하는 룬이
금방 끝나!
좀만 기다려!!
으아아앙

어우 안되겠다
만화라도 틀어줄게
뽀로로 볼래?
질질

팍

집-중
오! 효과 짱인데?
이래서 다들
뽀로로 뽀로로 하는구만
이렇게 뽀로로의 세계에
첫 입문하게 된 22개월의 룬이

식사 시간
언제나 그렇듯 밥 좀 먹으려니
또 매달린다
엄마 밥 좀 먹자-
뽀로로라도
보고있을래?

집-중
와- 뽀로로만 틀면
세상 얌전하네
대박
뒤늦게 알게된
뽀로로 미디어 효과는
실로 놀라웠다

팍
엄마 청소 할동안
잠깐만 보고있어..
뽀로로가 주는 잠깐의 자유는

또..
팍
엄마 빨래 널 동안
잠깐 보고 있어
너무 달콤했고..

그 달콤함에 취하다 못해

뽀통령의 위력은 실로 대단했다!
그런데 계속 틀다 보니 죄책감이 밀려오고…
손가락은 자제력을 잃어가고….

인터넷을 하다
'어린이집 보육대란' 글에 달린
댓글 하나..

'어린이집 자리 없어..'

↳ m****
집에서 노는 애엄마들이 돈도 안 벌면서
집에서 애 안보고 죄다 얼집에 보내니
자리가 없지..

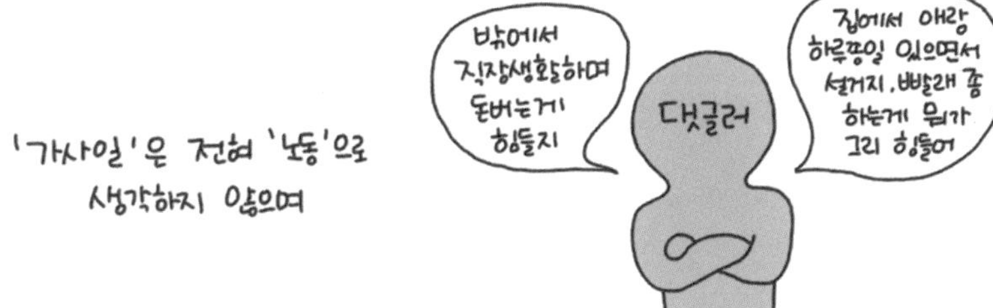
'가사일'은 전혀 '노동'으로
생각하지 않으며
밖에서 직장생활하며 돈버는게 힘들지
댓글러
집에서 애랑 하루종일 있으면서 설거지, 빨래 좀 하는게 뭐가 그리 힘들어

'출근하지 않는다는것 =
집에서 노는것' 으로 생각하며
댓글러
탱자
탱자

하루종일 애랑 쎄쎄쎄나 해주면
애가 저절로 커지는줄 아는 듯 하다
댓글러
아침바람
찬바람에 ♪

설득과 타협이 쉽지 않은
아직 어린 아기를
키운다는 것이
부글부글
얼마나 육체적, 정신적
에너지 소모를 필요로 하는 지

아파도 병원 한번 편히 못가고
밥 한끼 편히 먹기도 힘든 생활을
한다는게 어떤건지
엄마
밥 좀 먹자

끝도 없고 티도 안나는 가사일을
끊임없이 반복하는 것이

얼마나 사람을 지치게 하는지

퇴근도 없는 24시간 대기조 '주부'의 삶이 어떤지

입아프게 말해 뭐하겠니..

나도 사실 예전엔 몰랐다.
그저 직장에서 돈 버는 것만 일이라고 생각했다.
경험해보지 않으면 절대 모를 주부의 애환.
전업주부도 사람이거늘
숨구멍이 있어야 살지 않겠나?

헐크 빙의

밥도 안 먹겠대
기저귀도 안갈겠대
바지도 안입겠대
똥도 안 치우겠대
약도 안먹겠대
양치도 안하겠대
잠도 안자겠대
그럼 뭘 하겠다고!?!?

그 무엇 하나도 협조해주지 않는 요즘.
그 덕분에 하루 종일 헐크로 빙의가 된 엄마가 하라는 거 빼고 다 하고 싶은
23개월 자아 최강남.

너의 무기

자! 이제 너는
엄마 뱃속을 거쳐
세상에 태어날
것이다!

저는 태어나면
무엇을 할수 있나요?

너는 아기로 태어나서
말도 못하고 울기만 할것이다
혼자선 앉지도 못해서
누워만 있을것이고 똥도
누군가 치워줘야 할것이다
움직이지 못하니 혼자선
먹을수도 없어서 누군가
우유를 먹여줘야 할것이다

아니 그럼
울기만 하고 혼자
아무것도 못하는 애를
누가 키워준단 말입니까!
제가 아무것도 못해서
절 미워할 거예요!

그건 걱정하지 마라
그래서 너에게도
능력을 하나 줄테니
그건 바로

치명적인 귀여움
심장폭행범
미소
먹고싶은
볼때기
기절초풍
3등신 비율
코피유발
궁둥이

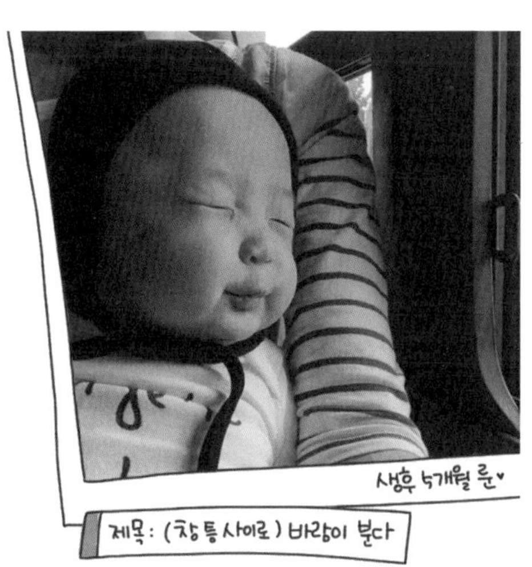

하루에 열댓 번도 더 돌아버리겠지만
귀여움 하나에 너를 키운다!

워킹맘의 고뇌

예전에 룬이를 낳기전 직장생활할때
회사에 워킹맘 과장님이 있었다

야근철야가 많은 업무 특성상
퇴근이 늦어질때가 많았고

그때마다 과장님은 여기저기 전화를 돌려야 했다

그마저도 안될 때는 일을 싸들고 부리나케 퇴근을 했고

늦은 시간
어린이집에서 홀로 엄마를 기다리던 아이를 안고
눈물을 삼켜야 했다

가장 곤란할 때는 갑작스레 아이가 아플 때..

직장에 묶인 채 발을 동동 굴렀고

과장님의 월차는 대부분 아이가 아플 때 사용되었다

회사에서는
직장인으로 열심히 살고
오늘은 늦지 않게
일 빨리 끝내자
퇴근 후에는
또다시 집으로의 출근..
빨리 저녁 먹고
엄마랑 재밌게
놀자아~
워킹맘으로 누구보다 열심히 살고 있었지만
안에서나 밖에서나 늘 미안해 해야 했다
엄마 금방
오실꺼야
좀만 더 기다리자
다들 바쁠 때인데
먼저 가서 미안해요
집에 가서 해서
보낼께요
죄송
빨리 갈께
미안해
아가

그리고 작년.. 나도 1년간의 육아휴직을 마쳤다

고민에 고민을 거듭했고

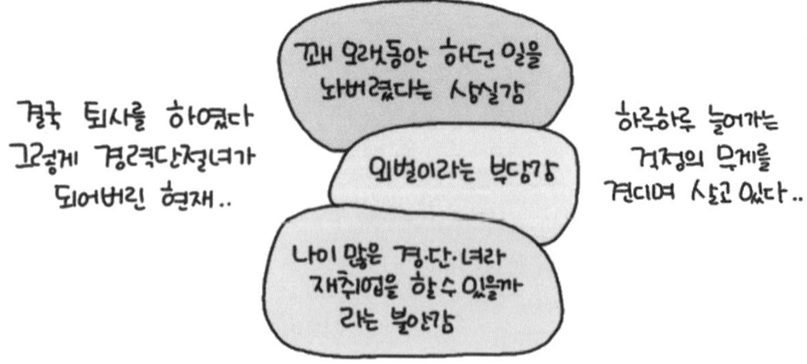

워킹맘이든 전업맘이든 엄마라는 자리는 무겁고 고되다.
어느 자리에 있든지 고충과 고민이 있고….
누구의 도움 없이는 조금 버거운 게 현실의 육아다.

사라지는 물건

자꾸 내 물건 가져다가 여기저기 숨겨둘 거면
어디 놨는지 말 좀 해줘!

장꾸력

얼집 다니기 시작한 지
어느덧 한달

어린이집만 보내면
저녁엔 천사같은 엄마가 될줄 알았다

그런데 애랑 있다보면
여전히 뚜껑이 열리는 나

육아시간이 줄었는데도..
왜 이렇게 못참고
여전히 화를 내게 될까..했더니

나날로 갱신되는 너의 장꾸력!
안돼!!!
변기에 장난감 투하
장꾸력 게이지

의자 끌고와서 싱크대 워터파크 개장!
흔들
위험해!!
시간 대비 최대 장꾸력을 발산함

짧지만 굵게 내 영혼과 체력을 탈탈 털어가..

오늘도 장꾸력이 +1 상승하였습니다

장꾸미와 더불어 반항도 어찌나 심해졌는지
하라는 건 다 싫다는
일춘기의 우리 아들.

애매한 시간

주말 오후 2시
룬아 이제 낮잠 자야지~
잘생각 1도 없음

낮잠 시간이 지났는데 잘 생각이 없는 룬이
빨리 자고 이따 더 재밌게 놀자 !!

재우려 했지만 낮잠시간을 훌쩍 넘기며 자지 않았다
그래..안잘거면 차라리 쭉 자지말고 저녁에 일찍 자라..
오늘 육퇴 빨리 하는건가..

하지만.. 저녁 6시 30분에 갑자기 급 기절..
z z z
떡실신..

보통 이렇게 애매한 시간에 자버리면 밤 9시에 상쾌하게 기상한다.
밤 9시에 하루가 다시 시작되는 고통,
자정을 훌쩍 넘겨야 하루가 끝나는 그 고통!

이곳은 독박육아 컴퍼니

오랜만에 싱글인 친구가 놀러왔다

애랑 있으면
너무 좋지 않아? 귀엽고..
난 아직 잘 몰라서..
애는 넘 이쁘지
근데 음.. 비유를 하자면
너 회사에서
야근을 시키는데 그게
어쩌다 한번이야..
그럼 크게 힘들지 않고
할 수 있지..?

근데 이놈의 회사가
가끔이 아니라
밥먹하면 야근이야..
허구한 날 다중업무에
퇴근이 없어..
성질 나.. 안나..

그리고 겁나 일하다가
겨우 퇴근해서 좀 쉴라하면
다시 출근하래..
응애응애하고..
24시간 대기조야..
사장이 나이도 어린게
아주 지독해..

그리고 그렇게 디지게 일해도
돈도 안줘
열정페이라고
들어는 봤니..?

게다가 이렇게 힘든데
인정도
못받아..
남들 다 하는거래..
'엄마'라면
당연한거라나 뭐라나..

사장님, 휴가는 고사하고

월차라도 좀 쓰고 싶습니다만….

키카 가는 이유

지하철 안

어머 아기가
너무 귀엽네-
몇살이에요?
세살이에요
하하
50-60대
아주머니

우리 손녀랑
비슷하네 호호
어디 놀러가나봐요?
키즈카페라고..
애들 노는 곳에
데려가려구요

아-요즘은 세상이 진짜 좋아져서- 우리때랑 다르게 애키우기 편해졌지-
하하 네..
옛날엔 그런게 어딨어 그냥 집앞 마당이 놀이터고 흙,돌 이런거 만지면서 놀았지 동네 애들이랑 개천가서 수영하고 놀고..
...
요즘 엄마들은 너무 애 깨끗하게 키우려고 하고 실내만 다니고 그러면 안돼.. 바깥공기 마시게 하고 흙도 만지고 그렇게 해야 애가 건강하게 잘 크는거..
아..

저도 흙, 돌, 풀, 이런 거 좋아하는데요…
집 앞에 어린이대공원이 있는데 왜 가질 못하니….

싸움 레퍼토리

내가 무슨 게임을
하루종일해.. 여지껏 애랑
놀다가 잠깐 앉아서
쉬는건데..
넌 내가
앉아있는 꼴을
못보더라..
평일엔
애 잘 보지도 못하는데
주말이라도 아빠가 웃없이
더 신나게 놀아주고
그래야지!
난 할일이
태산이구만
아까 계속 놀아줬잖아
기저귀도 갈고 간식도 주고
놀아주고 다 했는데
왜 아무것도 안한것처럼
얘기해..?
해줘도 뭐라해..

해줘? 애 보는게 나만의 일이야? 같이 해야할 일이지? 그리고 그걸로 되니?! 앉아서 쉴 생각만 하지말고!!
다른것도 시키기 전에 알아서 찾아서 좀 하고

난 평일내내 야근하고 일하는데 주말에 그럼 쉬지도 못하냐?!
난 그럼 언제 쉬냐

난 그럼 놀았니?! 나도 집에서 하루종일 애보고 살림하느라 못쉬었거든?!

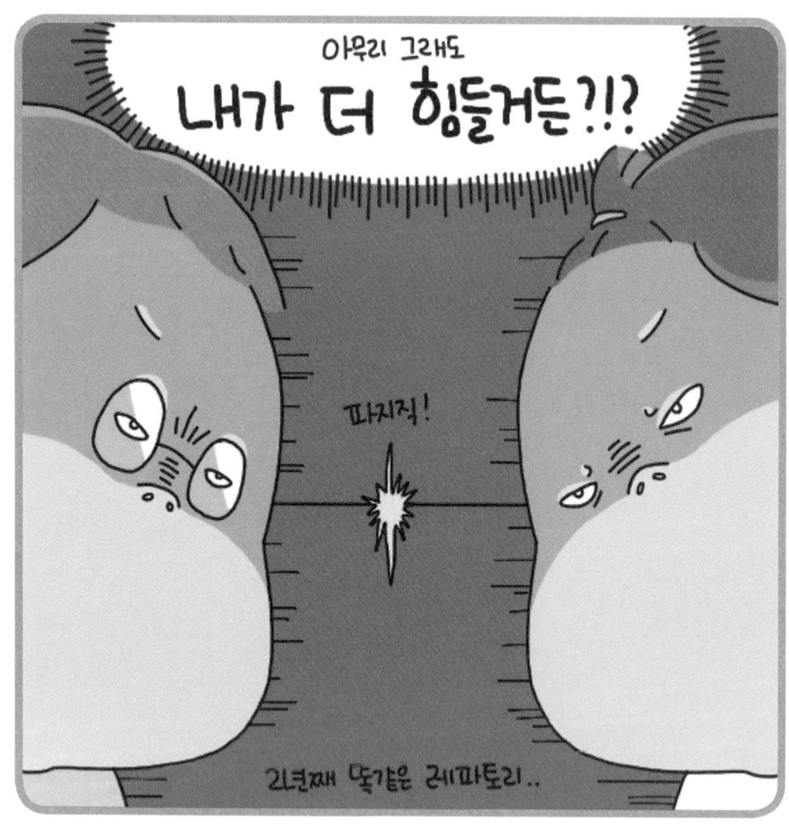

야근 파파 vs 독박 맘

상대방도 얼마나 힘들지 머리로는 잘 알겠는데
남편이 소파에 앉아 있는 걸 보면 왜 이렇게 화가 치밀어 오르는지….

감정 곡선

예전 나의 하루의 감정기복은 대체로 요정도였다

24시 감정그래프

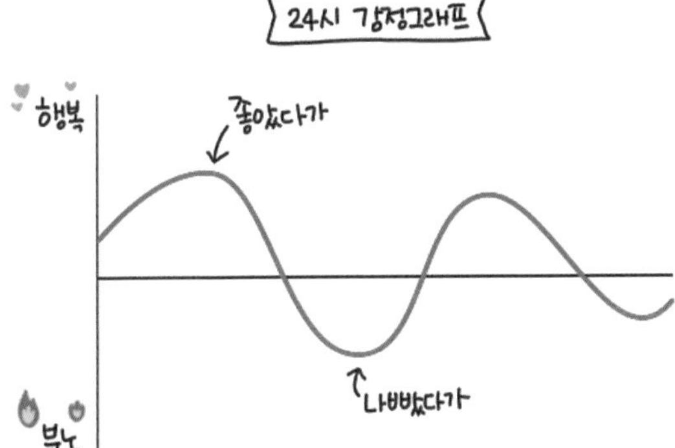

그런데 출산 후 육아를 하면서 나의 감정기복은

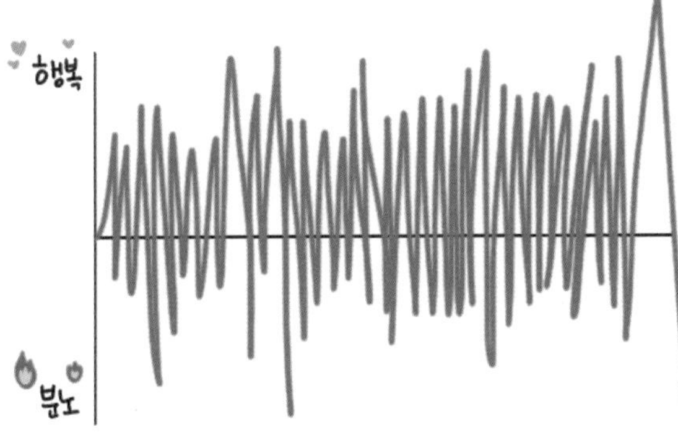

하루에도 수십번씩 분단위..
초단위로 미친듯이 오르락 내리락..

사소한 아이의 몸짓 하나에도 행복의 끝을 느끼다가

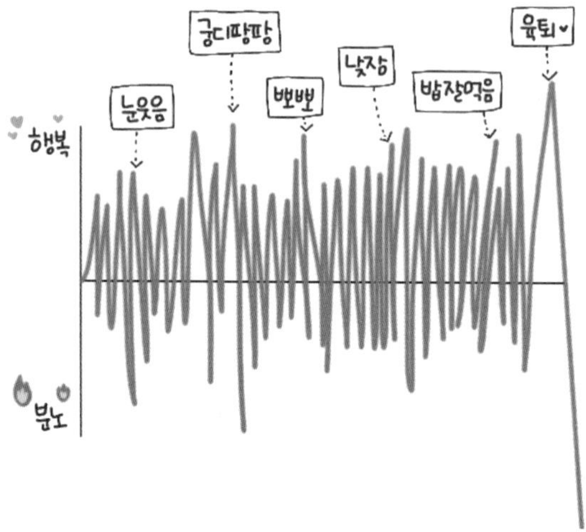

또 아이의 작은 행동 하나에도 바닥을 치는 나의 감정..

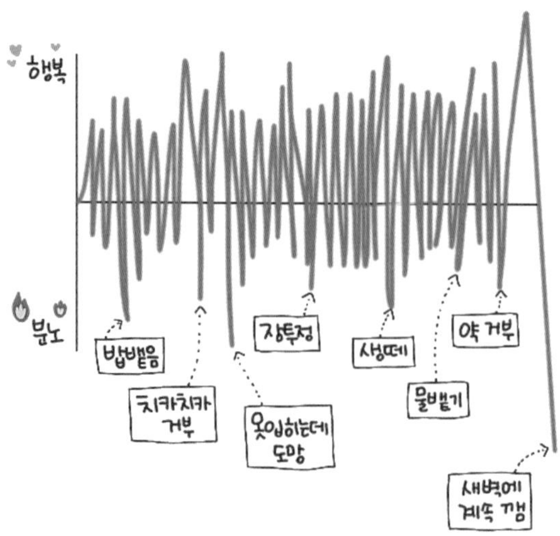

5분전까지 이뻐죽다가 5분후 열받아죽고..

이게 하루죙일 수도 없이 반복되다보니

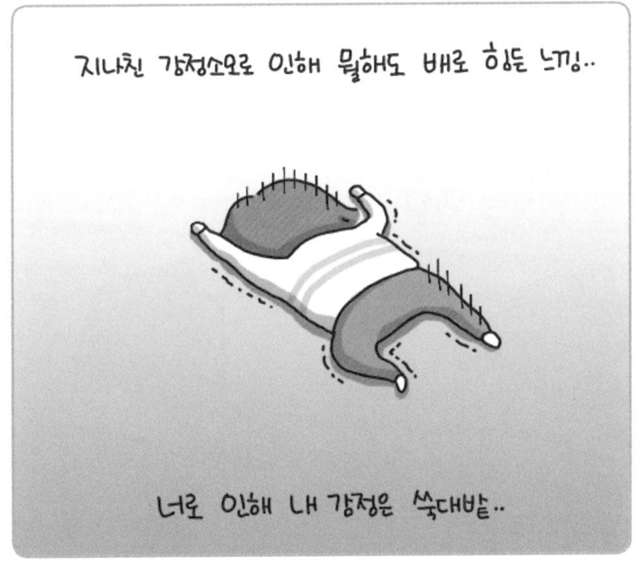

감정노동 직업군에 '주부'는 왜 없는 걸까?

요즘 필수템

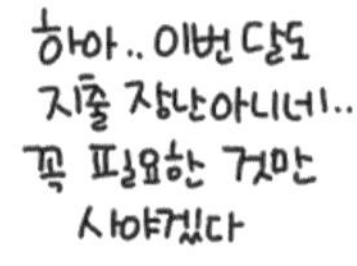
하아.. 이번 달도
지출 장난아니네..
꼭 필요한 것만
사야겠다

영수증

기저귀는 행사때 샀고..
아기세제랑.. 로션도 사야하고..
워시도 다 써가고..
살게 많네..

내복도 작년꺼 작아져서
봄내복 더 사야하는데..
얼집 다니니 등원복도
더 사야하고..

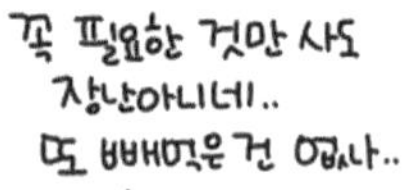
꼭 필요한 것만 사도
장난아니네..
또 빼먹은건 없나..

숨 쉬는 게 돈인 시대,
어차피 미세먼지가 하루아침에 해결될 게 아니라면
빨아 쓰지도 못하는데 마스크라도 좀 싸면 좋으련만….

싫어병

륜아
바지입자

우에에엥!
아니 아니
오지마 오지마

륜아
치카하자

우에에엥!
아니 아니
오지마 오지마

뭐든지 다 싫다는 싫어병 중증 말기 덕에

하루에도 골백번 뚜껑이 열린다.

엄마는 아프면 안 돼

룬이에게 감기가 옮아서 열감기에 단단히 걸렸다

룬이 병원 간 김에 나도 소아과에서 약 처방받고

집에 돌아와 누워서
푹 좀 쉬고 싶지만

애 밥도 먹여야 하고

씻기기도 해야 하고

집은 난장판이
되어 가고
힘드니까
룬이꺼만 씻어놓자..
너무 힘들어서
누워서 쉴라 치면
도저히 안되겠다
일어설 힘도
없어..
시름 시름
풀썩
누워있는 꼴 못보는
너의 손길..
끼야악
일어난다
일어나
자비없는
놈같으니..

결국 아프나 안아프나 할건 다 해야하는

얄짤없는 애미의 하루..

아프다고 봐주는 거 없다.
쉬기는커녕 악화나 안 되면 다행….

엄마는 마음대로 아파도 안 돼.

너란 남편

남편.. 없으면 너무 아쉽고

있으면 또 열불나고..

없을 땐 빨리 왔으면 좋겠고
있을 땐 차라리 보이지나 않으면 열이라도 안 받지 싶고….

넌 누구냐

처음 어린이집을 보내면서

하원 때

어머님 오늘 률이 한자리에 앉아서 한그릇 뚝딱 했어요!

너무너무 잘 먹던데요!

선생님

애가 낮잠을 업혀서 재워야 자는 애라서요 잠귀도 너무 예민하고..

20개월 넘게.. 지금도 등에 업혀서 겨우 재우는데..

여기서 애가 잘수 있을까요..?

어머님 률이 낮잠시간에 눕혀서 토닥토닥 해주니 스르륵 잠들더니 잘 잤어요

2시간 푹자고 깨워서 일어났어요 잘 자던데요

이거 감기약인데
약을 너무 싫어해서
집에선 포박해서
강제로 먹여요..
여기서
먹일 수 있을까요?
원장 선생님이
먹이니까
홀랑 잘 먹었어요
남은 약
물 담아서 끝까지
다 먹였어요
애가 칫솔만 보면
경기를 일으켜요..
온갖 수단을 다 동원해도
거부하더라고요
얼집에선
할까요?
여기선 치카치카
너무 잘해요
물뱉는거 까지..
보세요 잘하죠?
이
룬이 치카
동영상

사회생활 좀 하는 남자.
그런데 자기도 살겠다고 눈치 보고 잘하나 싶어서
처음엔 그것대로 또 마음이 아팠다.

한낮의 티타임

결혼 전 일에 찌들어 살던 직장인 시절..
한낮에 모여 수다떠는 전업맘들을 보고
부러워 하던 때가 있었다

하지만 이제와서 내가 겪어보니 알겠는 그들의 사정..

얼집 등원 후에도 이런저런 집안일과 사정들로 여유 없이 지내고

그렇게 시간맞춰 약속 한번 잡는것도 쉽지 않다

그렇게 잡은 간만에 약속으로 주부의 일상에서 벗어나
묵힌 스트레스를 조금이나마 해소한다

직장인들 한창 일하는 낮시간에 만난다고
여유 넘쳐 보일 수 있지만

하원의 노예들

잠깐의 여유 뒤엔 집으로 돌아가 또다시 전쟁을 치르는
주부의 저녁!

이제부터 시작이다

열심히 일한 직장인들이 퇴근 후 맥주한잔으로
스트레스를 풀듯이..

주부들의 한낮의 티타임도 '팔자좋은 짓'이 아니라
바삐 사는 삶의 '숨구멍'인 것!

애를 어린이집에 보내면 한낮에 탱자탱자 여유롭겠다고 혹자는 말하지만
현실은 그게 아닌 것을….
겪어야만 아는 육아맘의 삶이다.

룬이와 간 소아과에서 만난 노부부

아가 봐주시나봐요
딸네 부부가 맞벌이라 키울 사람이 없어서..
힘드시겠어요.. 엄마인 제가 봐도 너무너무 힘든데..
힘들지.. 마누라가 손자 키우다 골병났어 이 나이에 하루종일 애를 보니..
그래도 어쩌겠어 일하고 싶다는데 직장을 그만두라 할 수도 없고.. 애는 너무 어리고.. 둘이 벌어야 산다는데..
그렇게 노부부는 차마 자식에게권 힘들다 말하지 못하시는 듯 했고
휴..

그간의 힘드심을 내게 하소연하셨다..

누군가의 위로와 공감이 필요했던 나처럼..
그분들도 그래 보였다..

그래도 이제 좀 컸으니
어린이집 보내면
좀 괜찮으실텐데요..
안그래도 이제
돌 다 돼가니
어린이집 좀 보내야지..
와- 다행이네요!
조금 나아지실 거예요!
나도 그럴거라
생각했는데

둘째딸도
곧 출산이여..
거기도
예약이라며..
눙무리..

황혼육아 중이신 이 땅의 부모님들.. 화이팅입니다..

주변에 부모님의 도움을 받으며 일과 육아를 하는 워킹맘들을 보면
도움을 안 받자니 아이가 안타깝고, 도움을 받자니
부모님의 건강을 빚진 육아에 죄책감을 느끼게 된다.
어떤 선택에도 마음의 짐이 큰 듯했다.
남편과 아내 둘만으론 조금 버거운 현실이다.

안쓰러워

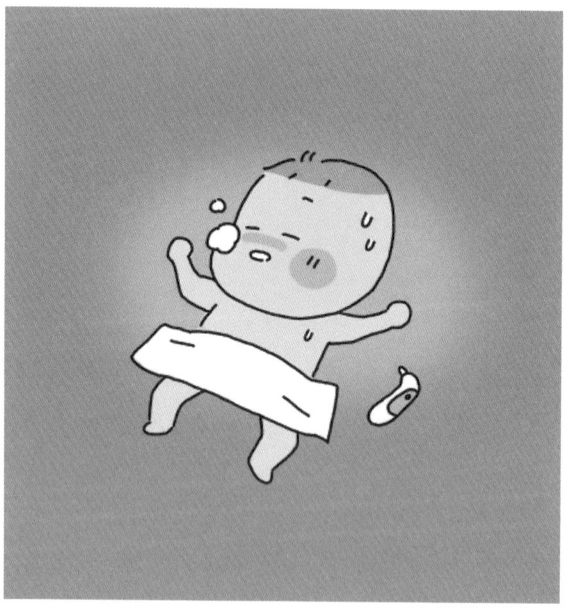

어느덧 어린이집 3개월차.
어린이집만 보내면 다 괜찮을 줄 알았는데
어린이집 다닌 뒤로 자주 아픈 아들이다.
약을 안 먹는 날보다 먹는 날이 더 많고
잊을 만하면 찾아오는 고열에
며칠째 편도염으로 열이 안 잡혀서 어린이집에 못 가고
하루 종일 나랑 지지고 볶는다.
아픈 아들도 너무 불쌍하고
독박으로 아픈 아들의 온갖 짜증을 받아주고
수발들고 있는 나도 불쌍하다.
어린이집 보내면 6개월에서 1년은 이렇게 자주 아프다는데….
안 보내자니 그전에 내가 돌아가실 거 같고
보내자니 허구한 날 아프고
하, 울고 싶다.

좀 살 만해졌다 싶으면 다시 벼랑 끝으로 몰리고
더는 못산다 싶으면 다시 좀 숨통 트이고
오늘 괜찮아도 내일 또 사람 잡는 육아다.
방심할 수도 없고 맘 놓을 수도 없는 이놈의 육아,
언제 또 숨통 좀 트이게 해주려나?

남들은 다 잘하는 거 같은데
내 육아는 왜 이리 힘든지….

아는 만큼 보인다

출산전.. 여유롭고 좋을것만 같던 타인의 모습들이 있다

하지만 이제는 그 여유 뒤의
다른 모습들이 보인다

카페에서 여유로이 커피마시는 모습 뒤에

잠시 뒤 애가 깨면 시작될
전쟁같은 시간들이..

바람같이 스쳐간 커피 한잔의 여유..

날 좋은 날 아이와 산책하는 아름다운 모습 뒤에!

조금전.. 외출 준비하느라 보냈을 진땀나는 시간들이..

한낮에 아이와
백화점 문화센터가는 여유있는 모습 뒤에!

잠시 뒤 문화센터에서 곡소리와 함께 관절 나갈 모습들이..

이제는 보인다, 보여!
즐거운 웃음 뒤에 고되었을 시간들이.

남편 눈에도 보이는 거 맞죠?
내 눈에만 보이는 거 아니죠?